U0517383

THE

BUTLER

白宫管家

威尔·海伍德◎著 李·丹尼尔斯◎序
徐娟◎译

華夏出版社
HUAXIA PUBLISHING HOUSE

图书在版编目（CIP）数据

白宫管家 / (美) 海伍德著；徐娟译. -- 北京 :华夏出版社, 2014.6
书名原文：The butler：a witness to histroy
ISBN 978-7-5080-8052-9

Ⅰ. ①白… Ⅱ. ①海… ②徐… Ⅲ. ①传记文学—美国—现代 Ⅳ. ①I712.55

中国版本图书馆CIP数据核字（2014）第053223号

北京市版权局著作权合同登记号：图字01-2013-8281 号

白宫管家

著　　者：[美] 海伍德
译　　者：徐　娟
责任编辑：赵　楠
责任印制：刘　洋

出版发行：华夏出版社
经　　销：新华书店
印　　刷：三河市李旗庄少明印装厂
装　　订：三河市李旗庄少明印装厂
版　　次：2014年6月北京第1版　2014年6月北京第1次印刷
开　　本：670×970　1/16开
印　　张：9
彩　　插：16
字　　数：108千字
定　　价：32.00元

华夏出版社　网址:www.hxph.com.cn　地址：北京市东直门外香河园北里4号　邮编：100028
若发现本版图书有印装质量问题，请与我社营销中心联系调换。电话：（010）64663331（转）

站在照片正中间的是年轻的尤金，那时正值大萧条时期，他刚刚来到华盛顿特区

15 岁的海伦娜梦想着离开她孩童时期的南方，前往美国的首都华盛顿

艾伦夫妇

她答应了！

1948 年，尤金和海伦娜与他们的儿子查尔斯在家中

在侍奉了别人近半个世纪之后，片刻的个人休闲时光

2009 年 1 月 20 日，尤金・艾伦不顾华盛顿特区严寒的天气，坚持走完他那辉煌旅程中的最后一程：应美国第一位黑人总统巴拉克・奥巴马之邀，参加他那历史性的就职典礼

仅以此书献给已故的劳拉·泽斯金

威尔·海伍德的其他作品:

《甜蜜惊雷:舒格·雷·罗宾逊传记》

《猫之王:小亚当·克莱顿·鲍威尔传记》

《黑与白:小萨米·戴维斯传记》

《二人河上漂流记》

《哥伦布市的海伍德一家:爱的故事》

the
BUTLER

目 录

引　　言

电影《白宫管家》讲述的是由真人真事改编的历史故事，故事的主人公男管家及其家人是在真实的人物基础上创造出来的。尤金・艾伦真实的生活故事给了我极大的启发，还记得威尔・海伍德曾跟我分享过他创作这部作品的灵感来源，当时奥巴马的竞选如火如荼，成功在望，这让他灵光一闪，想要找到一位曾亲眼见证白宫内外的民权运动的非裔美国管家。于是，威尔便敲开了艾伦家的门，迎接他的是一个谦恭、优雅的男人和他和蔼可亲的妻子。艾伦夫妇用一个下午的时间向威尔展示了精心陈列在地下室墙壁上的宝贵纪念品，并小心翼翼地谈论着那段不为人知的过去。

当我第一次读到丹尼·斯特朗写的《白宫管家》剧本时，就认定自己必须得执导这部电影。《乱世佳人》这样的影片令我热血沸腾，我曾暗暗忖度，如果自己能展现《乱世佳人》一半的成就，那也是自己人生的辉煌奇迹。但最重要的是，我想到了如何去构建这个故事。我要凸显那些历史时刻，尤其是那些争取民权平等运动的时刻，同时将这段曲折的父子关系作为影片的核心进行演绎，从而起到对比和冲突的效果。父亲亲眼见证每一位总统在控制民权运动中所发挥的作用，儿子却认为父亲卑躬屈膝，狂热地投入到街头争取平等权的运动中，甚至不惜牺牲生命。同时，这也是一部治愈系的电影。在故事的最后，无论是我们的国家，还是这对父子，都得到了升华，每一个人都对其他人在改变历史进程中所扮演的角色表示了充分的敬意。这部影片强大的情感力量就在于此，这也是我很想探讨的一个主题。

电影中的家庭和父子关系都是虚构的，我们将虚构的情节与真实的回忆编织在一起，再现了艾伦生活中一些十分重要的时刻——悲痛未平的杰奎琳·肯尼迪把遇害总统的一条领带赠给管家，南希·里根邀请管家夫妇参加国宴……尤金·艾伦的一生充满了传奇色彩，我很高兴也很感谢威尔·海伍德饱含热情、坚持不懈地找到尤金·艾伦，并撰文著书，让他的故事重焕生机。

李·丹尼尔斯

白宫管家的人生历程

他一定就在某个地方，某个我不知道的地方。时至今日，他应该年事已高；他曾在白宫工作过数十载。我所知道的就只有这些。或许他已经在某个不为人知的养老院里与世长辞了，只有一条不起眼的简短讣告宣告了他的死讯。但这只是我的猜测，没有人能够证实。或许我寻找的是一个幽灵？事实上，我一直在寻找一个管家，没找到之前，我绝不能放弃。

没错，我要找的，就是一个管家。

“管家”一词如今听起来如此老土，不合时宜。所谓管家，就是指那些伺候别人，并能对某些事情视而不见的人；那些知晓内部规定并能严格遵守的人；那些能够察言观色，熟悉所服务对象的脾气秉性的人。简言之，管家就是站在主人影子里的人物。

早在 1936 年的影片《我的高德弗里》中，管家就曾以荧幕形象出现在观众面前。威廉·鲍威尔在影片中饰演一个大户人家的管家，其潇洒文雅的形象深受电影爱好者的喜爱。近期，在广受好评的英国热播剧《唐顿庄园》中，管家以及仆人等其他一些后台角色再次被搬上荧幕，在剧中大行其道。

我要找的管家名叫尤金·艾伦，在华盛顿特区宾夕法尼亚大道1600号——那个被世人称为“白宫”的地方——他曾在那里担任管家长达34年之久。

寻找尤金·艾伦并非易事。但俗话说，功夫不负有心人。从南部到北部，从东部到西部，我打了无数个电话，问了不计其数的人，终于找到了他。

如我所料，他还好好地活着，与妻子海伦娜共同生活在华盛顿西北部一条僻静的街道上。从哈里·杜鲁门总统任职期间开始，尤金·艾伦作为管家先后服务过八位总统，直到罗纳德·里根总统任职期间才退休。

他见证了历史的更迭变迁，却被历史的滚滚长河所遗忘。

“快请进。”2008 年 11 月那个寒风凛冽的早上，我敲开了尤金·艾伦家的门，艾伦招呼我赶紧进屋。89 岁高龄的艾伦和许多其他老人一样，需要定期服用药物来维持健康。在我到来之前，他已经吃过早上的那次药，并为妻子准备好了早餐，打算用一种全新的方式向我打开他那尘封已久的历史记忆之门。

就这样，这个白宫管家的传奇故事终于拉开了帷幕。2008 年 11 月 4 日，巴拉克·奥巴马那场美国历史性大选之后的第三天，我在《华盛顿邮报》头版发表了一篇文章，尤金·艾伦的人生历程也终于为世人所知。

报道尤金·艾伦的故事并非是我头脑发热、一时兴起的决定，而是由一定的背景和机缘所促成。事情起源于 2008 年的一个夏夜，那时午夜已过，天还未亮，在北卡罗来纳州的教堂山小镇，我和其他一些人一起，正埋头对竞选的讲话进行总结、分析和报道。室外，一名有望冲击总统宝座的民主党候选人还在为自己拉票，恳切地向那些学生和选举者阐述应该投他一票的理由。由于听者众多，北卡罗来纳大学迪安·史密斯中心体育馆的椽子上都被挤得水泄不通。那位候选人身上散发着一种从容的自信，让人感觉到一股势不可当的力量。周遭的听众中有黑有白，有老有少，史蒂夫·汪达那标志性的歌声不时地从扬声器中飘出来，在体育馆里回荡。出席活动的一些年长者是竞选运动的资深选民，他们参与过多场总统竞选运动，也同样经历过民权运动。在20世纪60年代，他们亲历了种族隔离，见证了那些英勇的灵魂在美国南部为争取民权而倒在枪口之下，长眠土中。现在，这位总统候选人就站在他们面前，衬衫的袖子高高挽起，手持麦克风，激昂地发表着演说："我参加竞选，是因为现在就是马丁·路德·金所说的万分紧急的时刻；是因为我相信，如果我们再不行动，一切将为时已晚。北卡罗来纳，那个万分紧急的时刻就是现在，就是此时此刻。"这席话对他们有着教会般的感染力和煽动性的号召力。时任参议员巴拉克·奥巴马就这样毫不费力地让他的听众为他起身，人群中爆发出的阵阵掌声和议论声则彰显了支持者对他的信任。

形势看起来一片大好，但是不要忘了，这是在南部，

奥巴马是一个黑人，入主白宫也许只是一个虚幻的美梦而已。不可否认的是，历史与恶魔无处不在，尽管奥巴马似乎并没有将它们放在心上。

那天晚上，我和《华盛顿邮报》的其他撰稿人一起，为报道奥巴马的总统竞选忙得焦头烂额。此前，我们在美国各州之间往返追踪报道，已经当了七天的空中飞人了。那晚在教堂山我采访了一些人，待集会和演讲结束后，我们准备离开，搭乘记者专用巴士返回酒店。夜色十分宜人，空气中弥漫着一股甜甜的味道。正当我陶醉于这美好的夜色时，一阵奇怪的声音传来——附近有人正在哭泣。我转过头，眯缝着眼，在漆黑的夜色中循着哭声找去。在不远处的一个长凳上坐着三位年轻的姑娘，一副大学生的模样。我走了过去，关切地询问她们发生了什么事情，需不需要我的帮助。“我们的父亲不肯理我们了，”其中一个女孩一边抽泣，一边回答我说，“因为我们支持那里面的那个候选人。”我顿时明白了，她们一定是刚从那个体育馆里出来。“我们的父亲不想让我们支持一个黑人，但是他阻止不了我们。”那个女孩接着说道。另外两个女孩也是哭得双眼通红，但还是忍不住地频频点头。她们的话深深地触动了我，让我待在那儿，一时竟无言以对。后来我坐了下来，试着和她们聊了一会儿。她们渐渐停止了啜泣，脸上的悲伤也一扫而光，转而变成了骄傲的挑衅的表情。从她们坚毅的神情中可以看出，她们不会向父亲屈服，而是会对抗到底；她们会投身这场运动，亲自将这位黑人送入白宫。如今我已经记不太清当时自己的状态，或许是我太疲惫了，或许我有点半梦半醒，又或许是她们的眼泪对我的触动太深太深，超出了我的想象，以至于在彼时彼刻，在南部那个漆黑的夜晚，我突然一惊，警觉地告诉自己说，巴拉克·奥巴马真的要入主白宫、真的要进驻宾夕法尼亚大道1600号了。

教会山那晚之后过了没几天，我找到了我的编辑史蒂夫·里斯，告诉他巴拉克·奥巴马将会赢得大选，并且因为奥巴马会赢，我需要找到一个经历过种族隔离年代的人，写写这件即将到来的美国历史上的重大事件对他们而言的意义。我对里斯说，现在就得找，一刻也不能耽误，并且这个人还得在白宫工作过。里斯皱起了眉头。“嗯。”他叹了口气，不置可否。看来他并不相信奥巴马会最终获胜，但他知道我的意图是可取的。于是，他交代我先完成手里几项悬而未决的差事，然后才能去寻找我描述中那个虚无缥缈的人物。尽管如此，他还是心存疑问，想知道我要找的这个白宫前员工到底要前到什么时候。“你是说 20 世纪 60 年代吗?”他问。

“还要更早。”我很肯定地回答他说。

我要找的人性别不限，但必须是个黑人。他或她曾在白宫里工作，擦地抹桌，清洗碗碟，在黑人被歧视地称作“吉姆·克劳”的年代，他或她曾在黑人专用的喷水龙头里喝过水。我就是执意要找到这样的一个人，虽然身边的人坚持认为美国是不可能选出一个黑人来当总统的，即便如此，也丝毫不能动摇和改变我的决心。

我拨通了白宫的电话。20 世纪 50 年代曾在白宫工作过的黑人？白宫的接线员听到我的问题，公事公办地告诉我，依据他们的政策，他们不能透露前员工的姓名，同时还好心地告知我，白宫没有哪个部门可以在此问题上为我提供帮助。我心里明白，作为一名记者，工作道路上总是充满了高墙和路障。我暗暗告诉自己，不要发愁，一定会有办法的。在国会山我不是还有个熟人吗？他在国会议员的办公室工作，一定会愿意帮忙的。然而辗转往复几次，终以失望告终——那个熟人也无法从白宫获得任何协助。我没有放弃，继续去碰运气，想尽办法去找我要找的那个人，然而得到的却是对方一脸茫然的表情或者电话那头长时间的等待。别说可能的名字，就连一个有用的信息都没有。接连受挫让我心灰意冷，我暗暗地想，我恐怕是找不到这样的一个人了。就当我快要绝望地放弃时，有人跟我提起佛罗里达有一位女士曾在白宫工作过，她有可能会认识我要找的那样的人。

如同发现了一根救命稻草一般，我在第一时间找到了佛罗里达那位曾在白宫工作过的女士。她给了我一个名字。“他应该还健在，如果他过世了我应该会知道的，”她缓缓地说，“我最后一次见到尤金·艾伦的时候是在白宫门口，他刚参加完白宫的一次聚会，正准备乘坐一辆出租车。他在白宫当了很多年的管家。”她只知道是很多年，但具体多少年，她也记不清了。

如果尤金·艾伦还活着，我一定得设法找到他。按照佛罗里达那位女士所言，如果他是乘坐出租车离开的白宫，那就意味着他很有可能就居住在华盛顿特区—马里兰州—弗吉尼亚州这一带地区。我试着查找他的电话，可是电话簿里叫尤金·艾伦的人实在太多了。当我接连打了40个电话，还是没有找到我要找的这个尤金·艾伦时，我不禁开始怀疑他是不是还住在那一片了。毕竟人会变老，变成雪鸟，然后迁往更加温暖的加利福尼亚、亚利桑那或者佛罗里达去生活。当然，他们还可能会去世。电话打得越多，失败得也越多，我的心逐渐下沉。

“你好，我找一位名叫尤金·艾伦的先生，他曾在白宫当过管家。”这大概是我打的第56通电话了。

“我就是。”

地铁在华盛顿特区的地下轰隆轰隆地开着。根据管家在电话中给我的地址，我前往他家拜访。他的居所位于一个工薪阶层的社区，那里及其周边曾经历过20世纪60年代的骚乱。在去往他家的路上，我经过一家煎鱼店、几家临街的教堂，还有一些小服装店。来到管家的门前，我注意到大门很明显地虚掩着，意味着主人正在等待客人的光临。

“快请进。”尤金·艾伦连忙招呼道。他背部微驼，感觉走起路来稍稍有些吃力。他向我介绍了他的妻子海伦娜，海伦娜斜倚在一张安乐椅上，将拐杖放在腿上，朝我温暖地微笑着。他们独自生活，并没有与子女住在一起。

等我们坐定之后，艾伦夫妇急忙向我解释说，他们保证一定会和我聊天，但是要先等他们看完他们最喜爱的节目《价格竞猜》。他们一集接着一集地看，看得特别投入，给人一种“专心观看，请勿打扰”的感觉，所以我也就没有打扰他们。

在艾伦夫妇专心致志地看电视时，我借机环视了一下他们的家。客厅里桌子的一端散放着五六本杂志，杂志上有时任参议员奥巴马的图片。看得出来，奥巴马能成为总统候选人，他们是多么地骄傲和自豪。他们唯一的孩子查尔斯在美国政府部门做调查员，家里的宽屏电视就是查尔斯送给他们的礼物。电视中，游戏节目的影像在不断闪烁，透过那些跳跃的影像，我注意到墙上有张照片，也许是他们家里唯一一张可以看出来艾伦曾在白宫工作过的照片。照片中，在一个看起来似乎十分正式的场合，艾伦夫妇与时任总统罗纳德·威尔逊·里根和夫人南希·里根站在一起。那时，对于尤金·艾伦到底服务过多少任总统这个问题，我还并不是十分确定。

“八任总统。”艾伦告诉我。八任？艾伦看得出来我有些吃惊，便接着说道：“没错，八任，从哈里·杜鲁门总统开始，一直到里根总统。”

我们面对面坐了下来，他开始将他一生的经历向我娓娓道来。1919 年，艾伦出生于弗吉尼亚州斯科茨维尔的一个种植园。从他懂事时起，艾伦便在一个白人家庭担任男仆，那家人教会了他一些厨房技能，他就那样为那户人家洗刷碗碟，布置桌椅，一直到他成年。

艾伦在讲述他的成长经历时始终很平静，声音中没有丝毫的苦涩。尽管他在那户人家做得很好，但是就像哈克·贝里·芬一样，他也想逃离自己的家乡，出去闯闯，看看外面的世界。他一路前行，来到了弗吉尼亚的温泉城，那里是全球闻名的霍姆斯蒂德度假村。由于技能精湛，他很快便在那儿找到了一份服务员的工作。

20 世纪 30 年代的时候，黑人只要有任何就业机会，都会很快通过一个小道消息网散播开来。那个小道消息网通过教会成员、搬运工以及黑人酒店的侍者紧密联结在一起，正是这些先锋人物，后来成了黑人工人阶级和中产阶级的骨干。

在温泉城工作的时候，有人告诉尤金·艾伦一个消息，华盛顿特区的一个乡村俱乐部需要人手。对于乡村俱乐部的绅士名流和慷慨小费，艾伦是早有耳闻。因此没有丝毫犹豫，他将自己的衣物扔进行李箱，很快就来到了美国的首都华盛顿。

那时正值大萧条时期，整个美国的经济都很不景气，首都也不例外。尽管如此，艾伦还是在华盛顿找到了一份工作，一份他很喜欢的工作。工作时，他穿着漂亮的西装，戴着软帽檐的帽子，连鞋子都是双色的。从那个年代幸存下来的一些照片中可以看到，艾伦坐在一辆汽车的引擎盖上，穿着一套整洁的西装，戴着一顶男式软呢帽，尽管一

贫如洗，却看起来神采奕奕，心情极好。

艾伦是在1942年的一个晚间聚会上遇见海伦娜的。和艾伦一样，海伦娜对于华盛顿特区而言也是个外来者。海伦娜在华盛顿有亲人，那些亲人经常邮寄信件和杂志回海伦娜成长的北卡罗来纳州的那个小镇，信件和杂志里面的内容深深吸引着她。海伦娜急于逃离那个黑人备受歧视的南方，便一再央求父亲让她离开，她要去亲戚们所描述的那个圣地。起初父亲自然是不同意，但是经不住她的反复恳求，最终只好松口。

在华盛顿嘈杂的舞池中，在沸腾的音乐声和人头攒动的人流中，海伦娜和艾伦看见了对方，开始互送秋波。海伦娜想着艾伦肯定会问她要电话号码的。要知道，那是个处于战时的城市，生命如此难以预料，每一刻都很宝贵。尽管如此，艾伦还是太害羞了，最终也没有主动开口向海伦娜要电话号码。“所以还是我想办法弄到了他的电话号码。”海伦娜说。说到这儿，他们两个都轻声地笑了起来。相识一年之后，他们结婚了。

到1947年的时候，已工作数年的艾伦夫妇小有积蓄，便在华盛顿的奥蒂斯广场买了房子，安了家。尤金那时在乡村俱乐部工作，那份工作需要人做事平稳、处事不惊，还要求能灵活判断、考虑周到，而这些正是艾伦所具备的特质，也正是他的这些特质，让出入乡村俱乐部的一些政治家和银行家注意到了他，对他产生了良好的印象。

5 年后的 1952 年，乡村俱乐部的一个人找到艾伦，告诉他白宫那边正在找一名“传菜员”，认为他应该过去试试，去找一位名叫阿隆佐 · 菲尔兹的人谈谈。“那个时候我在乡村俱乐部干得好好的，根本没有想找工作，也没想着要换工作。”艾伦对我说。

尽管如此，艾伦也并没有轻易放过这个机会，他找到了菲尔兹。菲尔兹是一位在白宫工作的黑人，那时他已经从管家升级到了领班。

出生于印第安纳的菲尔兹在新英格兰音乐学院接受过培训，曾梦想着有一天能够成为一名音乐教师。然而当他的捐助者去世后，他的音乐梦想也随之受挫。为了谋求生计，他也曾做过服务生。菲尔兹于胡佛总统执政时期进入白宫工作，并且历经四任总统，在白宫工作了 21 年。当时的菲尔兹无论如何也不会想到，坐在他面前的那个叫作尤金·艾伦的人，在白宫工作的时间和历经的总统数目会远远超过他。

菲尔兹跟艾伦谈起在白宫工作的种种荣耀，同时也强调白宫的工作需要谨言慎行，时刻小心谨慎，考虑周到。

菲尔兹一定是看中了艾伦平静而又自尊的气质，因为他雇用了艾伦，并安排他在食品储藏室工作。那时艾伦的起薪是一年 2 400 美元，这在 1952 年可是一笔很体面的收入。

生性活泼的海伦娜这下有了吹嘘的谈资：她的丈夫在宾夕法尼亚大道 1600 号工作。很快，她将这一事实传到了街坊邻居以及教堂教友的耳朵中。艾伦在白宫的工作也使得艾伦家族在邻里中的地位逐渐重要起来。

一天，菲尔兹突然来找艾伦，那时他刚在白宫工作没多久。艾伦现在回忆说，当时他非常紧张，不知道发生了什么事。菲尔兹告诉艾伦，是时候见见哈里·杜鲁门总统了。

“你只要听他的，就不会有什么事。”杜鲁门总统用手指向阿隆佐·菲尔兹的方向，对艾伦说。

在白宫的日子过得很快，一晃多年过去了，艾伦被提升为大管家。每每为了庆祝这样的日子或者其他重要的时刻，艾伦和海伦娜都会在他们的地下室举办小型的晚宴。

地下室相当空旷，只有一张杰基·罗宾森的黑白肖像画非常醒目地挂在吧台旁边的墙上。晚宴的参加者甚众，有艾伦的管家同事及其家属，有邻里乡亲，还有教会里的熟人。当各种饮料酒水端上之后，辛苦忙碌了一周的人们开始放松起来。客人们抓住一切机会询问有关白宫的点点滴滴——在牌桌上问，在临时凑合的吧台边也问，但是尤金始终守口如瓶。

在离开白宫这么多年之后，尤金·艾伦更加愿意敞开心扉了。他坦承，在他在白宫度过的那34年里，他几乎很难想象历史是如何发展演变的。他细细回想，回忆起他曾和每一任他服务过的总统握手；回忆起那些因为天气原因不能回家，只能在白宫度过的夜晚；回忆起乘坐空军一号的激动心情，以及孩子们寻找复活节彩蛋的欢乐片段。他还细致地向我讲述了那些国宴以及白宫的午餐。

“那时我也在呢，亲爱的。”海伦娜也插进话来。他们俩相视会心一笑：一辈子的伴儿，一辈子的爱。

小石城事件发生时，废除种族隔离制度活动在学校的实施遭遇危机，态势紧张。艾伦目睹了艾森豪威尔总统在电话中与阿肯色州州长奥维尔·福布斯的争吵。后来艾森豪威尔总统派出联邦部队前往小石城保护那些黑人学生，这让身为黑人的艾伦骄傲无比。

1962 年，依据法院规定，密西西比大学被迫允许第一位黑人学生詹姆斯·梅瑞迪斯入学，当肯尼迪总统不得不出面保护时，艾伦也曾在场见证。

无数个夜晚，当海伦娜向艾伦问起席卷全国的种种社会冲突和这些冲突给他服务的总统们带来什么样的影响时，尤金·艾伦大多数时候总是保持沉默。

当然，白宫的日子并不全是问题和冲突，也有许多甜蜜的时刻。1963 年，肯尼迪总统在白宫举办了一场盛会，以纪念《解放奴隶宣言》一百周年。艾伦当时也在场，他和其他管家一样，被当时的场面惊呆了，因为他们从未见过白宫里同时出现那么多黑人，大约有八百人在来回穿梭，其中不乏兰斯顿·休斯和小萨米·戴维斯等名流。一位黑人客人形容当时的白宫就像“汤姆叔叔的小屋”一样。

有时，艾伦在回到白宫厨房的路上停下来稍事歇息时，他会禁不住摇头，感叹于社会进步的奇迹：艾伦自己出生于前联邦，那时奴隶制也才刚刚结束44年。

后来，众所周知，肯尼迪时期以悲剧而告终。当肯尼迪总统在达拉斯遇刺后，艾伦和其他垂头丧气的管家们在白宫等候那些与肯尼迪同行的人归来。艾伦至今仍清楚地记得，时任第一夫人杰奎琳·肯尼迪处于几近紧张性精神分裂的状态，而肯尼迪孩子们低声的呜咽则尤其让人揪心和难过。

肯尼迪总统遇刺的那晚，艾伦回家之后久久不能入睡，内心有一股强烈的情感涌动，驱使着他必须返回白宫。看到他收拾准备的身影，海伦娜既担心又心疼，说天色已晚，他又没有休息，还是不要回去的好。但是艾伦决心已定，坚持要走。穿上外套来到走廊里，他终于忍不住啜泣起来。

艾伦的儿子查尔斯后来告诉我，那是他第一次，也是唯一一次看见他父亲哭泣。要知道，肯尼迪在美国黑人心目中，说成是福音也不为过。

眼看着整个白宫陷入深深的哀伤之中，尤金·艾伦既难过又痛苦。暗暗的悲伤笼罩着白宫，无处不在：在管家的宿舍，在白宫的厨房，在白宫西翼，艾伦都能感觉得到。毕竟，因为民权问题而开始在自己的政党中接纳强硬的南方民主党人的，是肯尼迪总统；举办各种聚会、史无前例地邀请众多黑人来白宫的，也是肯尼迪总统。而现在，一个枪手夺去了他的生命，怎么能不让人感到悲痛异常？

但是作为白宫管家，艾伦拥有的众多品质之一就是能够随机应变、灵活处事，这也是他赢得每一任总统更多尊重的重要原因。在暗杀事件过去几天之后，艾伦试图给白宫带来点儿生气；他特别担心肯尼迪家的两个孩子——约翰和卡罗琳，而他们也是肯尼迪家族的与众不同之处：白宫里很久没有这么年轻的小生命了，当孩子们跳进他们父亲的怀里时，整个国家都为之动容。

尤金·艾伦让白宫的厨师们想办法做些好吃的，因为他要为约翰和卡罗琳以及他们的小伙伴们办一个派对。一切准备就绪之后，孩子们围坐在一张小圆桌旁，尽情地享受着美食，时不时地莞尔微笑，艾伦就作为他们的管家在一旁俯身侍奉。至少有那么片刻，阴郁的白宫里传来小孩子们欢乐的叽喳声，似乎瞬间点亮了白宫，甚至连管家艾伦也找到了微笑的理由。

在艾伦看来，约翰逊总统尽管语言稍显粗俗，却是一位很英勇的总统。有几次，其实是很多次，尤金·艾伦都想鼓起勇气走上前去，和约翰逊总统聊一聊自己的儿子查尔斯。查尔斯被派往越南参加战争，在黑暗的丛林中挥汗如雨，顽强奋战的同时努力保命，以求能四肢健全地回家。

尤金·艾伦左右为难，像一座在汹涌的波涛中上下摆动的雕像。一方面，他很担心自己会因为反抗的心理而被逐出白宫；另一方面，他也不能无视自己和海伦娜的担忧，毕竟远在地球的另一边，他们唯一的儿子正在努力地活下去，随时可能性命不保。但是作为一名父亲，作为一名白宫管家，他只能看着历史演变、发展，却只字不能言。他所能做的，就是像个冰雕一样站在那里一动不动，看着约翰逊和他所谓的卓越战鹰罗伯特·麦克纳马拉、麦克乔治·邦迪以及迪恩·拉斯科一起交谈，呼喊着要多派些、再多派些部队赶赴前线。

杜鲁门时期白宫里穿戴整齐的尤金·艾伦

1952 年，照片中站在左边的尤金·艾伦正与另一位管家一起开始他头一年的工作

尤金·艾伦是白宫历史上首位受邀参加国宴的管家

尤金·艾伦最初工作的白宫餐具室

背景中的尤金·艾伦

照片中坐在左边的是年轻貌美的海伦娜

尤金·艾伦的独子查尔斯·艾伦身在越南，而他却在美国忙着服务那个派他的独子参加越战的约翰逊总统

肯尼迪总统遇刺的第二天，尤金·艾伦试图调节白宫里低沉的气氛，他为肯尼迪的孩子们和他们的小伙伴们举办了一场即兴聚会

艾森豪威尔时期，艾伦在白宫的草坪上招待宾客

白宫的餐食总是丰盛华美，艾伦与主厨站在照片的中间

工作的日子是漫长的，但是 34 年来，艾伦从来没有缺过一天的班，也从未曾有过抱怨

至于理查德·尼克松总统，艾伦表示只能说他很精明，有一点神秘，有一点遥不可及。这些好似告密者的特质，最终笼罩着尼克松总统的整个任期。

在华盛顿的有些个周末，艾伦有时会在兰斯顿高尔夫球场打球。福特总统也是一个高尔夫球员，所以艾伦有时会遇见他，和他聊天。更巧的是，尤金·艾伦和福特总统是同一天的生日。“今天也是吉恩的生日呢！”每次当他们端出蛋糕，给福特总统惊喜时，时任第一夫人的贝蒂·福特都会这么说。而当尤金回到自己家中，海伦娜在给他送上生日礼物之后，总是迫不及待地想知道福特夫人给总统先生准备的生日礼物是什么。

1980 年，在里根担任总统期间，尤金·艾伦被提升为领班，比白宫其他的管家和女佣享有更高的权力。艾伦熬走了许多其他的管家，服务过的总统数目是当时聘用他的阿隆佐·菲尔兹的两倍。

在里根总统任职期间，艾伦感觉到了白宫里因为南非种族隔离问题而带来的紧张情绪。许多参加过民权运动的美国黑人都加入自由派的白人之中，其中也不乏一些共和党的政客，他们一起抨击里根政府支持种族隔离政权的立场。艾伦和其他管家自然也有话想说，但是他们不敢参与任何政治争斗。他们只能通过每天辛勤的工作，努力改善着自己家庭的生活。

艾伦在白宫工作了34年，服务过八任总统，却从来没有旷工过一天。即便在20世纪60年代发生暴乱，交通受阻，很难开车通过华盛顿的街道时，他还是毫不耽误地正常上班，哪怕走着也得去。

在里根总统任期内的一天下午，正在白宫里忙碌的尤金·艾伦看到南希·里根朝他走来。那时白宫里正在准备一场国宴，宴请时任德国总理赫尔穆特·科尔。艾伦心想，南希一定是想在最后时刻和他再确定一下有关细节。然而事情并非如艾伦所料，南希·里根说，国宴的时候不需要他帮忙了。艾伦顿时傻眼了。还没等他开口询问怎么回事，南希告诉他，他们邀请艾伦和他的妻子海伦娜一起作为总统的贵宾参加国宴，以感谢他数十年如一日地为白宫和历任总统服务。艾伦激动得不知所措，一时竟待在那里动弹不得。他迫不及待地要告诉海伦娜这个天大的好消息：他们要一起赴国宴了。他是白宫历史上第一位正式受邀作为贵宾参加国宴的管家，就好像其他收到邀请赴宴的大使和商业巨头一样。

海伦娜后来回忆说，收到国宴的邀请她十分兴奋，却也异常紧张，因为她不知道要穿什么衣服，戴什么首饰。她向周遭的朋友诉说烦恼，焦急不安地问她的儿子查尔斯，在宴会上她到底该说些什么才好。毕竟她没有上过大学，出席那样的场合总是会让她忐忑不安。尽管她有着各种担心、各种紧张，在去赴晚宴的那天晚上，当她和尤金走出家门时，他们却看起来光艳照人。海伦娜的珠宝熠熠生辉，惊得邻居们目瞪口呆，不知所以。

平时工作时，尤金·艾伦都是从服务人员所走的后门入口进入白宫。和以往不同，那天晚上，艾伦走的是正门。国宴大厅里绚烂夺目、金碧辉煌，让他们赞叹不已。

“那天晚上我们喝了点香槟。”时隔多年，海伦娜还能回味起那晚的情景。艾伦坐在摇椅上轻轻地晃着，听着妻子的回忆，笑而不语。要知道，在白宫侍弄香槟那么多年，那还是他第一次正式地在白宫里品尝香槟呢。

尤金夫妇家里的墙上只有一张照片可以让人了解到尤金在白宫的岁月，那就是国宴那晚他们走过贵宾接待处、进入国宴大厅的照片，这也似乎表达了他们对那个特殊夜晚特别的重视和怀念。看着这幅照片，他童年时期成长的那个种植园仿佛是上辈子的事了。

坦率地说，进入艾伦家的那一刻，我心想，他家里应该挂满了各种各样与白宫有关的照片。但是进去之后我却很惊讶地发现，除了那一张他和海伦娜参加国宴的合影之外，并没有其他任何可以看出他曾在白宫工作过的证据。要知道，在华盛顿，人们喜欢将各种各样的照片和文件装裱起来，悬挂在墙上，彰显自我，为自己歌功颂德。

第一次到艾伦家访问，我和艾伦夫妇聊了好几个小时，大家沉浸在各种谈话和回忆之中，终于觉得有些累了。这时，海伦娜朝我的方向点了点头，对她丈夫说："现在你可以带他看看了。"

尤金·艾伦缓缓地站了起来，让我跟着他走。我小心地跟随着他，从客厅来到厨房，停在了一扇门前——那是通往地下室的门。他纤长瘦削的右臂伸向腰间，找到了皮带扣上挂着的叮当作响的一串钥匙，打开了门。

当时我的第一反应是，这年头怎么还会有人连地下室都上锁啊？但是我转念一想，毕竟这并不是一个很太平的社区，他们又年事已高，还单独生活，小心点儿倒不为过。“跟我来，”艾伦说，“扶着我的胳膊。灯的开关在地下室的中间。”

我们沿着咯吱作响的楼梯小心翼翼地向楼下走去，终于来到伸手不见五指的地下室。艾伦一小步一小步地摸黑向前挪着，够到头顶上一根悬着的拉绳，拉开了电灯。

“好了，就是这儿了。”艾伦说。我开始环视着已然明亮的房间，从一面墙看到另一面墙，我被眼前的景象惊呆了。墙上挂满了精致的、华丽的照片，有尤金·艾伦和肯尼迪总统的合影、和艾森豪威尔总统的合影，还有和尼克松总统的合影。顺着艾伦手指的方向，我看到一张他和小萨米·戴维斯的合影，还有一张他和艾灵顿公爵以及其他一些管家的合影。接着，他将我拉到地下室的另一个角落，指着一幅画说：“这是艾克[①]给我画的。”此外，墙上还有

① 译者注：艾森豪威尔总统的小名

不少装裱起来的信件，多是总统在他过生日时写给他的。看着地下室里摆放整齐的成百上千件纪念品，我感觉自己仿佛置身于一个博物馆一般。

楼上厨房的地板上传来一阵窸窸窣窣的脚步声，是海伦娜。

“给他看看我们和艾拉·费兹杰拉的合影!”海伦娜从楼上朝我们喊道。

“别着急啊，我正带他看呢，你总得给我点时间吧。”艾伦朝楼上喊着回答她。他的眼睛亮了起来，脸上也露出了些许笑容，好像他突然意识到了自己生命的勇敢和坚持，并为自己感到骄傲。

他时而动动这个，时而挪挪那个，好让我能看得更清楚一些。地下室里的陈列琳琅满目，有他服务过的总统的大理石半身像，还有许多他站在国宴的角落里进行服务的照片。有一个架子上摆放着几个四英寸的相册，照片中那些白宫餐食之华丽是我之前从未见过的，闪闪摇曳的烛光仿佛要满溢出来一样。总统们亲笔签名写给他们的信，他

们都细心地装裱起来。他们还存了几箱《LOOK》和《LIFE》① 的旧刊。负责整理和规划这些藏品的海伦娜，总是精心地保证将所有杰奎琳·肯尼迪的物品都放在最外面，因为那绝对是一场视觉盛宴。

这时我才深切地理解为什么他们的地下室会锁上，一定要锁上，因为这些都是珍宝，总有一天可能会进入某个博物馆。它们浓缩了艾伦的一生，活在权力影子后面的一生，在白宫里见证了美国历史的一生：朝鲜战争，小石城事件，采取行动的罗莎·帕克斯，古巴导弹危机，登月，密西西比大学的黑人入学，越南战争，梅德加·埃弗斯、马丁·路德·金以及马尔科姆·X等民权运动领袖的遇刺，肯尼迪兄弟惨遭暗杀以及水门事件等。（想想那些时候白宫该是怎样的混乱和嘈杂吧！）还有乔治·华莱士和巴里·戈德华特的崛起，他们又掀起了让黑人恐慌的政治斗争，还参与了冷战。所有的这一切，尤金·艾伦都曾一一见证。

艾伦走近墙上挂着的另外一幅照片，眯起眼睛仔细看

---

① 译者注：《LOOK》和《LIFE》都曾是美国知名期刊

着。那是他退休离开白宫之后在葛底斯堡和艾森豪威尔总统一起拍的合影。对于艾伦而言，他与白宫之间并非只是单纯的工作关系，除此以外还有另一些关系是长久持续的。经历过这么多任总统，经历过这么多场事件，他都小心处理，谨慎回避，所以幸存下来，一直没有下岗。这样传奇的一生，就连总统们也不禁由衷地发出赞叹。好几位总统的孩子们每年还都会给艾伦寄圣诞卡，表达对他的思念和祝福。

艾伦就这样在地下室里一圈一圈地走着、看着，好像站在一个画架之上，看着一个充满权力、闪闪发光的世界在他身边不停转动，而其中也有他的一席之地。

我就这样沉迷在地下室的世界里，不知道看了多久，直到艾伦又拉了一下灯绳，地下室重归一片黑暗，我们才沿着楼梯小心地上楼。海伦娜手扶拐杖，在楼梯口等着我们。我忍不住向她夸赞我在地下室所见到的景象——艾伦的一生，他们的一生，着实让我大开眼界。海伦娜并没有热切地回应，只是轻轻地点了点头，“嗯”了一声，表示知晓。

回到客厅，我发现原来海伦娜拿出来了更多的照片等着我们去看，更多的回忆涌现了出来。照片让艾伦想起有一次黎明时分，天还蒙蒙亮，白宫派了一辆林肯加长礼宾车到他们家门口，接艾伦前往安德鲁斯空军基地乘坐“空军一号”；他还说起，在一架载着美国领导人在天空自由翱翔的飞机上，准备一顿世界一流的餐食，需要怎样的心灵手巧和身手敏捷。想想在那样的飞机上用托盘端高脚酒杯，要保持平衡有多么不容易吧！小心别让汤汁洒了！对了，祈求老天保佑，可千万小心别被绊倒，在飞机的走道上摔一跤。说到这里，他们哈哈的笑声传遍了整个温暖的房间。

对于白宫的岁月，海伦娜有着自己独特的回忆。所有那些她曾穿戴着去白宫的漂亮衣服和可爱的帽子，她至今还精心地保留着。艾伦夫妇可从来没想着要把它们送人，因为那都是他们挚爱的宝贝。

有时海伦娜会撒娇似的缠着艾伦让他帮忙，艾伦不得不小心翼翼地下到地下室，给海伦娜找几本封面有杰奎琳的杂志。然后海伦娜会在灯光下翻阅着那些杂志，和艾伦一起慢慢回忆他们曾经共同见证过的肯尼迪时期的那些点

点滴滴。

我的访问即将告一段落，美国总统大选也仅有几日之遥。不难看出，在华盛顿特区这条普通的街道上过着不起眼生活的艾伦夫妇，想要投票的心情是多么迫切。那些来自南方的老人，他们曾经是没有投票权的。他们曾被称作有色人种、黑鬼、黑人以及其他角落里的种种诨名，现在他们是非裔美国人，他们将所有的希望和回忆都寄托在巴拉克·奥巴马身上，就好像他们正将奥巴马揽入怀中，轻轻摇晃一样。

从艾伦夫妇简朴的蜗居出来之后，我暗自忖度，我一定要好好讲讲这个奇特的故事。事实上，刚一到拐弯的地方我就想往回跑，我想回去请求他们一定要将地下室锁好，以保证那些珍品的安全。

接下来的那个周末，整个美国都在思考着、询问着同样的一个问题：美国会选一个黑人来当总统吗？我住在俄亥俄州的家人权衡说：不会的，奥巴马这次赢不了；美国人还没有做好准备让一个黑人来当总统，也许还得再过两届吧。

周日的晚上，距离大选之日还有36小时，查尔斯·艾伦回家看望父母。来的时候他心想，父母大概不太熟悉他给他们新买的那台平板电视，一定会狂轰乱炸似的问他各种问题，比如这个箭头是什么意思，那个箭头又是干什么的等等。但是让查尔斯没有料到的是，海伦娜告诉他，两天前有一个作家来过。“她高兴极了，”查尔斯后来告诉我，“她觉得终于有人要来讲讲尤金的故事了。睡觉之前她对我说，‘这下我感觉安心多了’。”查尔斯后来在接受俄亥俄州的一名记者采访时透露说，好像我的来访是“上天注定”的。

转天的早上是星期一，我给艾伦夫妇家打了个电话，只是想问声好，顺便问问派去给他们拍照的摄影师的情况。

“她走了。”尤金说。我当然知道她说的是海伦娜，只是他的声音听起来怪怪的，甚至有点空洞。“去哪儿了？”我问他。“我醒来了，但是我妻子没有。”他解释说。我还是有些迷惑不解。“难道是去医院了？”“不是的，”他说，“海伦娜那天晚上去世了。”我一时说不出话，却突然感到头晕眼花。我问艾伦身边有没有人陪他，而那时一些修女们正好赶到他家。

随着时间的流逝，来访者越来越多，其中有白宫现任及前任的管家、有女佣，还有洗碗工。在一片悲伤的情绪之中，来访者开始分享关于美丽的海伦娜·艾伦的故事。他们说起海伦娜跳舞时的仪态万千，说起她是如何地喜欢香槟，以及她每次盛装打扮前往白宫参加一些重要场合时的优雅与高贵。与此同时，他们还要不断地将艾伦从厨房中拉出来，因为他生怕怠慢了客人，总是想尽心尽力地招待每个人。粗略算来，连同他在白宫的日子一起，艾伦已经里里外外做了将近半个世纪的管家，他始终不肯停下来让别人去忙活。

24 小时后，退休的白宫管家尤金·艾伦在黑暗中坐起身来，在一片模糊混乱中穿好衣服，准备前去投票。他 65 岁的妻子海伦娜已经去世，但是，她的那些封面上印有总统候选人巴拉克·奥巴马的《JET》、《EBONY》和《新闻周刊》等杂志还摆放在客厅的咖啡桌上。对常人而言，必须要下很大的决心才可能带着丧妻之痛去投票，但是艾伦和整个世界一样十分清楚，历史性的时刻即将到来，结局仍悬而未决，正等着他们的投票去改变、去决定。

投票过后，艾伦回到了家中。那一天，一些亲友和修女们一直陪伴着他。因为他心中充满了悲伤，疼痛也折磨着他的身体，以至于有时他走起路来就像个被绳子控制着的稻草人一样。尽管从未听见他抱怨，但是从他走路时的表情还是可以看得出他难掩的痛苦。

夜幕降临时，大选之夜的剧幕拉开，精彩好戏开始上演，人们的泪水也随之欢涌而出——冲破历史的重重阻碍，这个国家奇迹般地越过一座貌似高不可攀的山顶，选出了一位黑人总统。那时尤金·艾伦正坐在他最喜欢的椅子上，距离之前海伦娜经常坐的地方只有咫尺之遥。他那肉桂色的脸上，终于露出了一个可爱的微笑。

后来，我写了一篇文章，讲述了从白宫厨房到白宫西翼（总统办公处）里那些黑人的历史，关于尤金夫妇的故事，关于民权运动以及那些为巴拉克·奥巴马祈祷的故事。文章以《白宫管家：得偿所愿的选举》（*A Butler Well Served by This Election*）为题登在了2008年11月7日《华盛顿邮报》的头版。文章发表的那一天是选举的三天之后，也是海伦娜·艾伦葬礼举行的日子。

对于那些经历过残酷的种族隔离还依然幸存的人而言，这次选举真是众望所归。那些在北卡罗来纳州静坐事件中遭到暴打的人，那些在亚拉巴马州游行示威中穿过埃德蒙·佩特斯大桥的人，那些在密西西比因参加民权运动游行而被扔进臭名昭著的帕契曼监狱的人，那些还记得“白人”和“有色人种”区别标志的幸存者，这样的选举结果让他们备感欣慰。即便在如今这个飞速发展、瞬息万变、技术腾飞、人情淡漠的世界里，这也堪称是一个史诗般的结果。这个结果创造了历史，它张开怀抱，就像欢迎所有其他具有里程碑意义的事件一样，来见证这一伟大的时刻。世界各地的人们将此次选举与其他选举相比，但是因为这里是美国，一个曾经“3K党”肆意横行、到处乱用私刑、以法律区分公民等级的国度，所以其实根本不具有可比性。此外，有一位老人独自坐在华盛顿西北部家中的安乐椅上，回忆着自己从种植园的成长到获得投票权再到亲自为巴拉克·奥巴马投上一票的这一生，不禁感觉自己人生的飞跃也如史诗一般壮丽。

艾伦的故事在《华盛顿邮报》上发表之后，美国各州乃至世界各地的信件纷至沓来，有写给我的，也有写给尤金·艾伦的。多家报纸看中了这个故事，在他们的版面上不断重印。对于故事所造成的巨大影响，我们有些惊讶，更多的却是感动。有些晚上，当我下班之后，我会整理好一包信件，趁着冬天的夜色送到艾伦家去。每次他都会在门口等我，微微驼背，用他再也直不起来的胳膊微笑着招呼我进屋。

一天夜晚，我像往常一样去他家送信。我们先是闲聊了几句，我说起外面寒风刺骨，冷得发抖，艾伦提起即将离任的乔治·W. 布什总统及其夫人劳拉·布什最近给他写了封信，就海伦娜的去世向他表示慰问。接着，我从背包里抽出一些信，递给了艾伦。艾伦戴上他的双光眼镜，小心地打开每一封信，一封一封认真地看了起来。

黛安娜·格伦的来信：

多么感人的故事啊！虽然我没什么社会关系，但是我觉得您肯定有。我真诚希望尤金·艾伦能够得到邀请，前往白宫与奥巴马总统共进晚餐。我是在俄勒冈州本德市的《本德公报》上读到您的故事的。

杰森·怀特利的来信：

在一个如此令人骄傲和鼓舞的历史时刻，我向艾伦先生及其家人致以最衷心的问候，感谢他们承受如此巨大损失还如此努力奋斗。

金伯利·兰多夫的来信：

这一个星期以来我每天都在哭，现在还在抹眼泪。海伦娜走了，那谁来照顾尤金呢？2009 年 1 月 20 日时，尤金一定要在白宫出现才对。

菲力斯·C. 麦克劳克林的来信：

他的妻子没能在这个历史性的选举中投上一票就去世了，真是让人伤心啊。他们是多么好的一对夫妇啊，我真心为艾伦表示惋惜。

马丁·凯恩的来信：

谢谢你将艾伦先生的故事写了出来，让我们了解了他那份了不起的工作。我是一个白人，已经 58 岁了。本来我是准备投票给麦凯恩的，但是在驱车前往投票点的路上，我开始思考美国的历史以及美国人即将面临的那个时刻——我是说所有的美国人，而不仅仅是美国黑人。因

此，我走进投票点，将我的一票投给了巴拉克·奥巴马。我想在精神层面，我很能理解奥巴马赢得大选的重大意义以及他的获选带给人们的兴奋和鼓舞；但是我也知道，从情感层面我是没有办法获得像艾伦他们那样深切的感受的。当我意识到海伦娜没能活着投出她的一票时，我忍不住流下了眼泪。请向艾伦先生及其家人致以我最诚挚的慰问。

还有好多好多的来信，有来自澳大利亚的，还有来自日本的，太多了，一次不可能看完。“我的天哪。”艾伦轻轻地笑了一声，欣慰地说，“他们真是太善良了。”

“要不要喝点茶？还是喝点咖啡？”当了那么多年的管家，我想艾伦是改不掉这个总想伺候别人的习惯了。我每次都说不用了，因为我不想看到他痛苦地起身，再蹒跚着走进厨房为我忙活。有些时候我们只是安静地坐着，任由电视上的《价格竞猜》节目嗡嗡作响。艾伦将电视进行了设定，这样《价格竞猜》就能一集一集地反复播放。我知道，他是在想念海伦娜。

那天晚上，甚至在好多个其他晚上，我心里暗暗自责，

怪罪自己海伦娜的去世是不是和我有关。是不是那次采访的时候我过于急切，问了太多的问题，累着了她，让她压力很大，所以导致她心跳减缓，直到最终停止。但是我转念一想，海伦娜的儿子曾告诉过我，那天晚上海伦娜爬上楼梯准备去睡她在这个地球上的最后一觉时，心里想着终于有人要写艾伦的故事了，她是多么地幸福和快乐啊。想到这些，我的心里也算宽慰一些了。

每次从艾伦家里出来，我都会在外面的门廊上多站一会儿，在漆黑的冬日夜晚，等着听到艾伦家门从里面反锁住的声音。然后艾伦会拉开窗帘的一角，挥手向我告别，我才安心地离开。

我的高德弗里。

我的尤金。

一次，艾伦和我谈起他服务过的那些总统。他说曾看见尼克松在白宫的走廊里踱步，思考着他政权内部的混乱，以及他对媒体的不信任。在公共场合，美国总统总是以一副自信、勇敢、让人放心的姿态出现，公众看到的也只是他们被权力包围的派头。

在卡纳维拉尔角，当肯尼迪戴着酷酷的墨镜，环视着他的太空梦想时，是不是看起来生机勃勃、意气风发？还有那不老传奇罗纳德·里根，当大家看到他在充满乡土气息的加利福尼亚用斧头劈柴时，是不是觉得那个形象特别有力，特别具有男子汉气概？

然而，如果说一个人的家就是他的城堡，那么总统们所居住的白宫又是什么？白宫的前门很少能将噩梦或者坏消息拒之门外。它有时是不是也像一个扑朔迷离的暗室，里面飘浮游走着各种各样的想象？

相比之下，艾伦的生活简单得多。我可以很容易地想象艾伦和我告别之后的情景。他从门后转过身，小心地下到地下室，一切都汇集在那里，他的世界也在时空中凝固不动，就像一个纪录片，暂停在他那已经没有海伦娜的卧室两层之下。那些他和艾森豪威尔总统的照片，他和拳击冠军在白宫里的合影，他和玛米·艾森豪威尔的合照，他给民权运动领袖马丁·路德·金的父亲拍摄的照片等，都暂停在那里。正如他所服务过的那些总统一样，他也会在深夜寂静的梦境里，不断回味过去的点滴，缅怀曾经的光辉和荣耀，以带给自己更多信心和勇气，更加意志坚定地面对未来的日子。

在家里，他就是自己生活的总统。

几周之后，我再次来到艾伦家，不过这次不是来给他送信，而是给他带来了一个好消息：当选的奥巴马总统的过渡团队将给尤金·艾伦送来一封贵宾邀请函，邀请他参加奥巴马的总统就职典礼。

我还有更多的消息迫不及待地要和他分享：一些好莱坞电影制片人开始给我打电话，他们提及想要拍摄一部有关艾伦一生的电影。“好吧，那时候我可能早就不在了。”他忍着痛，微笑地说。艾伦这一辈子都在站着工作，如今病痛似乎已经遍及他的全身——肩膀、臀部、小腿，处处酸痛难忍。

贵宾邀请函和好莱坞的电话，我不知道这些对他到底有多大的意义。家里再也没人会每天提醒他记得吃药。在那些他有心情的晚上，他曾像他在白宫里那样，在家里的桌子上摆上精致的瓷器，然后点燃一支温馨的蜡烛，与海伦娜共享一顿浪漫的烛光晚餐，可是如今桌子对面空无一人。其实这些消息我本可以打电话告诉他的，但是随着一次次的探访，我发现自己已经越来越喜欢他了。

那天晚上，当我从尤金·艾伦家里出来，我不禁想起自己在俄亥俄州哥伦布市生活的那个街区。那儿和这儿有很多相似之处：整洁的街道，牢固的房屋，围着围栏和层层篱笆的院子，典型的工薪阶层的居民区。大学刚毕业时，我没有和母亲住在一起，而是回到哥伦布和祖父母住，老人们很疼我。也许，眼前华盛顿的这条街离我成长的那个哥伦布社区距离并没有那么遥远。

2008 年巴拉克·奥巴马那场历史性的总统大选期间，有关美国种族历史的各种故事在美国各种日报和周报上不断涌现。米歇尔·奥巴马的祖先被追溯至南卡罗来纳州的一个种植园。巴拉克·奥巴马所努力入主的白宫实际上是奴隶所建造的。奥巴马黑人的本质到底有多深呢？城市发廊里的许多外来居民指出，奥巴马的父亲来自非洲——黑人的祖国。奥巴马的故事如此充满魅力，又如此扑朔迷离，容不得半点质疑和讽刺。尽管如此，宾夕法尼亚大街 1600 号却并非一个太平之地，而是经常被卷入国家和种族痛苦之中。

纵观整个历史，美国的黑人们对白宫总是充满了期盼和希冀，盼望着白宫能够帮助他们，带领他们走上平等之路。

早在1863年，时任美国总统林肯利用他惊人的政治敏锐性，巧妙地迫使国会通过了废除奴隶制的“第十三条宪法修正案”。奴隶手脚上的铁链解除了，但是林肯也付出了生命的代价。（史蒂芬·斯皮尔伯格2012年执导的电影《林肯》就是以这一废除奴隶制的重大立法胜利为题材的，而斯皮尔伯格碰巧也是最早对尤金·艾伦的故事感兴趣的导演之一。）林肯总统遇刺后，黑人们继续努力建设他未竟的事业。

1866年，弗雷德里克·道格拉斯曾前往白宫，恳求安德鲁·约翰逊总统就黑人投票权一事给予支持和帮助，约翰逊推托称，他并不会因为努力为黑人争取投票权而获得任何政治资本，因此拒伸援手。道格拉斯也曾是奴隶，也是他那个时代最有名的废奴主义者，他并没有因此而放弃。1877年，道格拉斯再次获得了前往白宫的机会，只是这次他并没有打着政治的幌子——拉瑟福德·B. 海斯邀请他担任一个节日夜晚娱乐庆典的司仪。

1901 年 10 月 16 日，一位在白宫工作的黑人管家收到通知，西奥多·罗斯福总统晚上将会有一位客人。在约定的时间到来之前，管家尽职尽责地布置好了桌椅。在夜幕的掩护之下，那位客人独自一人秘密地来到白宫——他就是生于奴隶制时期的著名教育家布克·T. 华盛顿。在此之前，白宫还从未有过黑人前来共进晚餐。看到华盛顿的秘密来访，那位管家很是好奇，但更多的是紧张。那个时候，滥用私刑的情况在马里兰的郊区仍很普遍，而白宫距离那里并不遥远。后来的消息说，华盛顿和罗斯福那天晚上主要谈到了南部地区的政治和冲突。

第二天早上，新闻资讯就那顿晚餐发布了一条简短的消息。然而，一石激起千层浪，很快，各种批评声和抨击声接踵而至。南方人痛斥罗斯福不该邀请华盛顿在白宫用餐。《孟菲斯弯刀报》是第一批向世界展示其恶言谩骂的报纸之一："任何一个美国公民都应该对昨天晚上总统的行为感到愤怒，他竟然邀请一个'黑鬼'前往白宫与他共进晚餐。"报道接着写道："直到最近，罗斯福总统才夸口说他的母亲是一位南方女性，由于这一事实，他也有一半南方的血统，所以邀请一个‘黑鬼’共进晚餐也算是向他母亲表达一点小小的敬意吧!”

尽管美国黑人们不时被白宫传来的阴影笼罩着，但那阴影中偶尔也会投射出一丝闪亮的光线。1939 年，穿戴一新的尤金·艾伦踌躇满志，离开弗吉尼亚州的农村，去大城市寻找更好的就业机会。正是在那一年，美国黑人歌唱家玛丽安·安德森计划在宪法大厅举行一场音乐会，掌控着宪法大厅准入权的“美国革命女儿会”却以他们的隔离政策为由，拒绝玛丽安·安德森在宪法大厅演出。为此，身为“美国革命女儿会”成员的时任第一夫人埃莉诺·罗斯福毅然退出了“美国革命女儿会”，她的立场在黑人媒体中赢得了广泛的赞誉性评价。更为重要的是，她还安排安德森最终于 1939 年的复活节在林肯纪念堂举行了一场露天音乐会。

与之相反，生于密苏里州边境的第一夫人贝丝·杜鲁门则是“美国革命女儿会”虔诚的一员。1945 年，当哈莱姆众议员小亚当·克莱顿·鲍威尔的妻子、著名钢琴家黑兹尔·斯科特想要参加在宪法大厅举行的一场演出时，“美国革命女儿会”再次横加阻拦，于是一场口水大战随之爆发。

鲍威尔恳求杜鲁门总统帮帮忙，但是遭到杜鲁门的拒绝。杜鲁门称“美国革命女儿会”是一个私人组织，他不想与其发生任何纠葛。贝丝·杜鲁门则坚决不肯退出“美国革命女儿会”。口无遮拦的鲍威尔讽刺称，第一夫人贝丝·杜鲁门是“国土上的最末夫人”。这话惹怒了白宫里的杜鲁门总统，他怒斥鲍威尔的诋毁性言论，并称鲍威尔为“那个该死的黑鬼传教士”。

民众也加入这场口水大战之中，大量的信件纷纷涌入白宫。一封发给贝丝·杜鲁门的公文讨论了黑人在这场战斗中的困境：“鉴于他们的巨大牺牲，想到他们为这个事业曾抛头颅、洒热血，再想到你昨天连少喝杯茶、少吃盒饼干去支持他们一下这点小忙都不肯帮，委实让人震惊不已。”与此同时，还有人认为鲍威尔给了白宫一个下马威。“另一方面，鲍威尔无疑用一种戏剧性的方式来向歧视发起反击，”密苏里州的一家报纸写道，“正如卡托曾警告过罗

马帝国的分裂一样，鲍威尔的举动让民众注意到了种族歧视的潜在危险，也算是为国家效力的一种方式吧。”

而与此同时，尤金·艾伦刚刚进入白宫的厨房里工作，作为餐厅管理员的艾伦，第一批任务之一就是洗刷杜鲁门总统及其夫人每天喝茶的杯碟。

白宫里那些碰巧都是黑人的管家们在白宫的一个秘密世界里工作着。那些年来，他们一直将白宫里的秘密深藏在心底，对他们而言一定是一种巨大的责任，从某种程度上讲可能也是一种负担，毕竟他们的妻子和亲友会不断逼问他们宾夕法尼亚大道1600号里发生的各种事情：白宫里有没有秘密逃生通道？杰奎琳·肯尼迪人好吗？势利吗？约翰逊总统也会用“黑鬼”这个词儿吗？（据大家所说，这个继林肯之后最伟大的民权总统确实使用过那个词儿。）

然而，在白宫之外，还有另外一个秘密的世界在等待着这些管家们。在那个世界里活动的都是大使、著名演员、出版界的大亨以及住在东海岸沿线有钱的绅士。他们有些家在华盛顿、纽约市、哈特福德、康涅狄格、罗德岛，也有来长岛避暑的重要人士。他们会为从西海岸远道飞来的朋友们举行晚会和奢华的派对，并且大多请白宫管家们为他们操办这些晚会。

那些曾经由尤金·艾伦亲手训练过的黑人管家们，在20世纪40年代至60年代期间，成了炙手可热的抢手货。为此，他们还成立了私人管家会员俱乐部。由于他们工作得一丝不苟，再加上格外专业的敬业精神，他们成为打理这些社交事务的紧俏人手，并且开价不菲。

“他们大多是爵士或比波普爱好者，有着自己的范儿，晚上的时候却西装革履、穿戴整齐，作为无形人士为那些世界领导者服务。”达芙妮·缪斯回忆说。达芙妮·缪斯的父亲老弗莱彻·缪斯和她的叔叔乔治·艾伦·缪斯都是私人管家会员俱乐部的成员，两人都曾是白宫的签约管家，他们也正是在白宫初次见到尤金·艾伦的。“那是一个很紧密的圈子。”缪斯补充说道。管家们冒险去镇外接活后，回家时往往会提着大包小包的美味佳肴。“一包25磅重的蓝蟹肉也被他们剩下了，说不要了。”缪斯回忆起来，不禁感慨地说。管家们的优秀品质数不胜数，然而那些人最看重的还是他们的审慎。达芙妮·缪斯谈起一位管家在他晚年时告诉她的一段独特的记忆。那位管家说，他在镇外的一次私人聚会上服务时，所见到的景象可以用一个字来概括：性，各种各样的性。那次聚会其实就是一场狂欢，而那个管家不得不手端托盘，踮着脚尖在左右翻滚的肉体之间来回穿梭。说到这里，缪斯忍不住咯咯地笑了起来。

回顾自己的写作生涯，在过去的几十年里，我也采访了不少与白宫内部的动荡历史有关的人物，他们的人生也很精彩迷人，但是相比起来，尤金·艾伦的故事应该算是一个顶峰。

让我们回顾一下笔者所经历的那些采访：

1986 年，在阿肯色州小石城边一个汽车旅馆的房间里，我和一个文弱的男子坐在一起，他正向阿肯色州州长一职发起冲击。他不是随随便便的某个男子，他就是 1957 年小石城危机发生时的阿肯色州州长奥维尔·福布斯。又是一个不肯轻易放手的老政客。他一直在谈论迟到的救赎，但是阿肯色州的黑人，不仅仅是黑人，还有许多白人，都朝他翻白眼。在 1957 年小石城危机事件中，迫使艾森豪威尔政府不得不出动联邦军队，以确保九名黑人学生安全的，

就是他。现在的他显得十分谦恭客气，并表示他真的不希望再谈论过去，尽管他也提到，1957 年的时候他那么做，也只是在尽州长的义务，试图维护阿肯色州的权益而已。

1991 年的一天，我在哈林区的一间公寓里采访 E. 弗雷德里克·莫罗。他 1955 年受聘于白宫，是白宫聘用的第一位担任行政职务的黑人。他坐在沙发上，洋洋自得，一副鲍登学院毕业生的模样。在他工作的那个时候，白宫还没有什么现代公民权利的立法。人们给他取了各种各样的绰号，甚至还有黑人取笑他在一个共和党执政的政府里工作。

1992 年，我在路易斯·马丁的家中进行采访。马丁是一位民主党人士，他那代表着黑人希望和抱负的工作可以追溯至富兰克林·D. 罗斯福执政时期。在 1963 年肯尼迪总统执政时期，马丁曾是《奴隶解放宣言》一百周年庆典活动的主要组织者。谈起那段时光，回忆起他如何为争取民权而奋斗，如何想方设法让小马丁·路德·金以及菲利普·伦道夫等黑人访问白宫等往事时，他不禁泪洒衣襟，不停地用手中的白手绢擦拭着眼泪。那些奋斗的历程至今仍让他心潮澎湃，感慨万千。

1993 年，我在乔治·华莱士位于亚拉巴马州蒙哥马利的办公室里对他进行采访。那时华莱士已经年迈，坐在他办公室的轮椅上喘息不断。在美国的历史上，从某种程度上来讲，时任亚拉巴马州州长华莱士代表了黑人逃离南方的原因：正是他当州长时站在阿拉巴马大学的校门口，斩钉截铁地说黑人永远不许入校。“今天隔离，明天隔离，永远隔离！”——他的选词造句成了种族隔离分子和“3K 党”徒振臂高呼的口号。1972 年，乔治·华莱士参加竞选的时候，一个疯狂的人开枪射中了他。那天在蒙哥马利接受我的采访时，他跟我讲了许多故事，关于他现在拥有的所有黑人朋友，以及所有那些已经原谅了他的黑人的故事。

2002 年的一个傍晚，太阳快要落山了，在密西西比州杰克逊一个倒闭的车辆修理厂外，我靠在一辆车上，和詹姆斯·梅瑞迪斯聊天。梅瑞迪斯 1962 年进入密西西比大学，打破了学校种族隔离的规定。他谈起贫困，谈起黑人和白人，谈起密西西比，谈起当时的无畏，谈起那段历史。那个铆接整个国家、在校园里引发骚乱的日子，一晃已经过去了40年。他告诉我，他是如此地热爱着密西西比州，在那儿，民众曾一度将他视为每个奋勇前进的黑人的化身。

作为一名作家、记者和传记作者，我会用大量的时间与这些人相处，以追寻整个美国历史车道的主路和辅路上的各种故事。这些人都曾在历史上的某个时刻制造了某种情感或骚动，在黑人问题以及平等权利的问题上吞噬着白宫。年复一年，在美国这片领土上子弹横飞、刺杀不断的所有那些时刻中，一位名叫尤金·艾伦的管家一直在白宫里，不为人所知。他看到过那些景象，听到过那些名字。他一定也听过其中的一些电话通话，瞥见过其中的一些人到达白宫，与总统一起谈论小石城事件、牛津事件以及密西西比事件。他不得不吸收那些信息，破译它们，再进行情感的处理。没错，他就是那个端茶倒水、盛汤拿药的人，他就是去帮总统拿草帽、拿皮鞋的管家，但是他也是个黑人，他目睹了白宫里天翻地覆的变化。

有些时候，电视屏幕上被有关美国黑人以及他们为了争取自由而进行的具有划时代意义的斗争的灾难性报道所占据。尤金·艾伦晚上回到家，从奥蒂斯广场他的车上下

来，他那早已等候多时的邻居们会从自家门廊上冲出来，恳求艾伦透露一点信息。什么都行，管他呢，就说点什么吧，随便什么都行。但是这么多年以来，海伦娜已经将邻居们训练得很好了，只需一个轻微的点头，或是杂货店过道上几句直率的点拨，邻居们便明白了：尤金没法透露，他得谨慎小心，他可不是八卦的对象。

当然，海伦娜阻止了邻居们，却不一定会阻止自己的好奇心。在客厅里玩玩具时，小查尔斯会听见他们在厨房餐桌上窃窃私语。他时不时听见他们低声谈论父亲白天在白宫的工作，而当他想偷偷溜进厨房听一听时，有关父亲在那个自由世界的领导人居住的白宫里工作的交谈声便戛然而止，转而变成了哼哼哈哈的无聊闲谈。

在那样一个种族隔离的时代，艾伦是如何做到将一切都深埋在心底的呢？更何况他还是个管家，一个黑人管家。在周遭发生着那么多影响着他自己以及他家人的事情时，他怎么还能平静地在那里忙来忙去，不露声色？当然，审慎这一品质起到了重要的作用，还有就是他对这个国家的热爱。

海伦娜·艾伦在迎宾处与里根总统握手，海伦娜十分喜欢这张照片

白宫里搬来了新的一家人：卡特一家

白宫里花开不败

1955 年，艾森豪威尔与客人讨论民权问题时，艾伦在一旁服务

1986 年，西德总理赫尔穆特·科尔与尤金·艾伦亲切交谈。这一晚尤金·艾伦不再是白宫管家，而是一位特殊的白宫客人

第一夫人南希·里根很欣赏尤金·艾伦为人处事的作风

尤金・艾伦与福特总统同一天生日，因此福特时期白宫里总会给二人共同庆祝生日

尤金·艾伦与两位总统

尤金·艾伦问候乔治·W. 布什及其夫人芭芭拉·布什

流行音乐之王迈克尔 · 杰克逊访问白宫；尤金 · 艾伦在照片的右后方

尤金·艾伦变身为摄影师，为人称“金爸爸”的老马丁·路德 · 金拍照

在一次白宫的管家聚会上，尤金·艾伦站在乔治·W.布什总统前面

尽管尤金·艾伦没有在克林顿总统任期内工作过，但是他却经常受邀回到白宫。照片中，尤金·艾伦坐在希拉里·克林顿旁边

在服务过八任总统后，人们与尤金·艾伦告别

这让我想起了《白宫管家》一片中马丁·路德·金本人所说的一句台词："老弟，我们黑人在我们历史中的作用是举足轻重的。"他似乎在讲述荣誉、工作的尊严，以及他们对正缓慢推进的奋斗历程所做的贡献。

2009年1月20日，华盛顿的早上冷得要命，当天的气温在零下12度到零下7度之间徘徊。早上6：30的时候，我已经来到尤金·艾伦家，我们要去参加美国第一位黑人总统的就职典礼。看着曾经的管家走下台阶，脸上露出一些细微的痛苦表情，我不禁在想：我们这么做是不是一种错误。那时我不敢肯定他是否能够顺利完成这趟行程，担心接下来的一整天他会吃不消。在我最近的几次来访中，尤金·艾伦开始搀扶着我的胳膊，并且搂得很紧，让我深感触动。快要到达楼梯底部时，他紧紧搂着我的胳膊，我甚至都能听见气流从他肺部呼上来的声音。我表示了我的关心，问他感觉如何，他让我不要担心。"我不会有事儿的。"他站在客厅里悬挂着的那幅装裱起来的他们和里根总统夫妇合影的照片旁，宽慰我说。我帮他穿上他的灰色羊毛长大衣，他戴上了西纳特拉软呢帽。查尔斯在门外发动

凯迪拉克汽车，好让热气充满整个车厢。我们驱车来到一个地铁站，换乘地铁前往。我们知道，在到达地铁的最后一站后，我们还有很长的一段路要走。尽管地铁里挤得水泄不通，但却秩序井然。没人希望在这样特别的一天里有任何破坏或干扰。查尔斯搀着他父亲的一只胳膊，我搀着另外一只。

当我们从地铁站出来的时候，外面的场景让我想起了《蝗虫之日》，目光所及之处全部都是人，总人数可能要超过两百万。几乎是一出地铁站，尤金·艾伦就表示需要坐下。他已经精疲力竭了。我们找到一个水泥护栏，让他停下喘了口气。查尔斯帮他父亲重新围了一下围巾，系得更紧一些。稍事停顿，我们开始朝我们的座位区走去。

街上十分拥挤，到处都是骑马的警察，还有成千上万的行人。走了大概有三分之一英里，我觉得情况不容乐观，便强烈建议我们返回去，找一个出租车。我们得把尤金·艾伦送回去，他有些喘息困难。这样冷得要死的天气，我竟然让他出来，还走这么远的路，我真是傻透了。但是艾伦转过身对我说："给我找个不这么冷的地儿待一会儿，我暖和一下就好了，然后我们再接着走。”我们在路边发现了一个派出所，便走了进去。我快要冻僵了，艾伦的儿子查尔斯也是，艾伦就更别提了。我们坐了下来，喝了点儿热巧克力。大约二十分钟后，当尤金·艾伦再次表示他不会回家时，我们便起身，继续赶路。

好不容易，我们终于来到了 VIP 区。一名海事后卫前来迎接尤金·艾伦，并护送我们来到冰冷的金属座椅旁。寒风呼呼地刮着，我们可以看到远处总统将要宣誓就职的区域，还能看到艾瑞莎·富兰克林头上那顶巨大的五颜六色的帽子。

尤金·艾伦坐了下来，环视左右，将一切都看在眼里。他说，如果海伦娜能在这儿，她该会有多么高兴。一行人走了出来，在我们上方国会圆形大厅台阶上的区域就座。许多都是艾伦过去那些年曾经服务过的人。“那是吉米·卡特，”艾伦指着那边对我说，“他看起来也很不错。他曾带我去过一次戴维营。去到那儿的时候他们给我放了一天假，吃饭时卡特走进餐厅，指着我旁边的一个空座问我说：‘你那儿谁坐呀，吉恩?’我说：‘没人坐，总统先生。’他说：

‘好，那我就坐吉恩旁边。’”

当选总统奥巴马走进了大家的视野。艾伦很明显地兴奋了起来，激动地对我说：“我跟你说，这绝对值得一看。看见他站在那儿——这么说吧，一切都值得。”

一切都值得？或许他指的是他从弗吉尼亚种植园长途跋涉到华盛顿的辛苦，以及他在乡村俱乐部工作时所遭受的各种辱骂；或许他指的是他这一生所洗过的所有碗碟，以及他完成白宫里一天的工作，精疲力竭地徒步回家的那些没有月亮的夜晚；或许他是指20世纪60年代，他邻里那些留着圆蓬式发型、戴着“黑人权力”纽扣的孩子们追问到底为什么他一个黑人会在白宫里当管家。

典礼让在场的每个人都感受到了历史的洗礼。典礼结束后，尤金·艾伦站起身来，紧了紧手套，我们便动身回家。在回家的路上，不少人因为选举结束后我写的那个故事而认出了艾伦，他们和他握手问好。

那天下午回到家后，尤金·艾伦坐在安乐椅中，渐渐地睡着了。电视上还在播放《价格竞猜》。

2010年3月的第二个星期，我跳上华盛顿特区的一辆市内公交车，来到普罗维登斯医院。查尔斯刚给我打过电话，说他父亲两天前因为一些呼吸问题和髋关节的问题入院治疗。我到达医院的时候，艾伦虽然很清醒，但还是躺在病床上。“护士们将我照顾得很好，”他说，“他们觉得我是个名人。”医院的一位护士记得关于他的那篇文章，消息很快便在医院里传开，医生护士们纷纷前来看望他。他们提起他在白宫那么多年的工作，均赞叹不已。

那天晚些时候，当艾伦睡着了之后，我和查尔斯在医院的走廊里来回溜达，心存担忧。老艾伦看起来越来越虚弱了。尽管如此，在接下来的几天里，他情况还是有所好转，并被允许出院。然而，回到家的日子并没有太长久。一天，他告诉查尔斯说他感觉很糟糕，他被送往华盛顿基督医院入院治疗。

2010 年 3 月 31 日，服务过八位总统的管家尤金 · 艾伦艰难地停止了最后的呼吸。

回想起来，我第一次见到尤金 · 艾伦和他的妻子海伦娜，他第一次护送我下到那间装满了白宫宝藏的漆黑的地下室，不过是 16 个月前的事。

艾伦去世后的第二天，他的讣告出现在美国各地的报纸上。美国的电视新闻广播也播出了悼念致辞。“尤金·艾伦去世了。”NBC晚间新闻的主持人布莱恩·威廉斯在报道的同时，有关艾伦的画面不断在屏幕上滚动。“很少能有美国人像他那样看到那么多的历史，也只有屈指可数的人曾像他那样接近权力。”一段渐强的背景音乐过后，威廉斯接着说：“他服务过世界上最有权以及最有名的人。工作之余，许多总统都视他为朋友。”

艾伦的去世也引起了世界各地的广泛关注。伦敦的《独立报》将尤金·艾伦描述为“曾在三十年中协助保证世界最重要的政治剧场上的演出永不落幕的幕后置景工”。所有的讣告中都有提到他是如何忍着选举前夕的丧妻之痛，仍坚持去给巴拉克·奥巴马投上一票的。

2010年4月8日，近千人走进华盛顿的第一浸信会教堂，向尤金·艾伦告别。教堂里最后一长排的人是特勤局的特工们。前来告别的人中有些是在艾伦退休后参加白宫的一些聚会时认识的，更多的人只是出于尊敬前来的。他的灵柩旁摆满了一排排的鲜花。教堂里的靠背长椅上坐满了老管家和女佣们。德洛利斯·孟尤尼在艾森豪威尔执政时期曾在白宫工作过，她回忆说："艾伦是个极具魅力的男子。我曾在纽约给艾森豪威尔家当女佣。后来我去了白宫，遇见了吉恩。他那标志性的笑容让你一眼就会注意到他。"南希·米歇尔是白宫的第一位女性迎宾员，她是1980年得到这个工作的。在白宫的有些日子里，她紧张得要死，生怕自己做错什么。"吉恩——他让我叫他吉恩，但我从来不敢那么叫——让我平静了下来。他会走过来对我说，'南希，我们去吃点午饭吧'。然后我就发现他已经为我们布置好了一个可爱的地方。他可能是我见过的最好的男人。"

奥巴马总统送来一封信，由白宫首席迎宾员、海军少将史蒂芬·罗雄朗读："他的一生代表着美国故事中非常重要的一部分。"总统的信如此评价尤金·艾伦。信中接着提到艾伦几十年来为国家的服务，以及他"不变的爱国主义精神"。

牧师温斯顿·C. 雷德利谈到艾伦以及历史滚滚的车轮，谈到远离我们海岸的两次世界大战，以及我们自己边界内部为平等而战的战争。"现在我可以说，确实是有人曾想污蔑他的工作，我是说他作为管家的工作，但是尤金·艾伦将管家做到了卓越的水平。”

合唱队演唱了几首乐曲，其中有《耶稣在主线》（*Jesus on the Main line*），以及《玛丽不要哭泣》（*oh Mary don' t you Weep*）等经典曲目。

在艾伦的灵柩被合上之前，我瞥见了他穿着的衣服。那是一套非常正式的灰色晚礼服。他戴着白手套，和他在宾夕法尼亚1600号服务那些高官权贵时所戴的那些优雅的白手套没什么区别。灵柩周围满满装饰着鲜花，一束红玫瑰上面别着一张卡片，上面写着“奥马巴总统和米歇尔·奥巴马”。那些熟识艾伦多年的老管家和女佣们开始缓缓走出教堂，外面的天空明亮而清爽。

正如奥巴马总统所言，这的确是一个极具美国特色的故事：一个年轻人逃离南部的种植园，辗转来到国家的首都，从一个独特的视角见证了历史变迁的骚动和荣耀，穿越一个世纪，为八位总统服务。并且他还看到了曾经难以想象的一幕：一位黑人总统的宣誓就职。

其实还不只是这些。2012 年年底，当地的一个组织将艾伦的家设为华盛顿历史步行游览地图上的一处景点，现在被称为“尤金·艾伦住处”。一部有关艾伦一生的电影也已经制作完成，参演的明星包括福里斯特·惠特克和奥普拉·温弗瑞（分别饰演艾伦和海伦娜）、简·方达、范尼莎·雷德格雷夫、大卫·奥伊罗、小库伯·古丁。影片从一名白宫管家的独特视角，讲述了整个现代民权运动的故事。

我想，尤金·艾伦一定也有一些了不起的有趣故事要讲给海伦娜听吧！

移动的影像

2012年的夏天，三十多辆大型卡车和拖车满载着各式电影器材在新奥尔良狭窄的街道上穿梭，其中有电影布景的造雨设备，可以在场景需要时随时降雨。还有那种强弧形灯，灯光之强烈甚至可以在半夜时照亮房间，让房间里看起来好像窗外就是白昼一样。司机们把车停在一个巨大的停车场里，他们将那个停车场称为“大本营”。在未来的60天里，“大本营”将会成为《白宫管家》这部影片的明星、导演和制片人白天集结待命的区域。《白宫管家》一片由奥斯卡提名导演李·丹尼尔斯执导。早在几周之前，他们就在普里塔尼亚街成立了制作办公室，相关人员也已到位。影片的签约演员们获得了来自大洋两岸的广泛关注。影片的阵容强大，明星云集，可以说是奥斯卡获奖者和提名者的一个奇妙组合，其中包括福里斯特·惠特克、奥普拉·温弗瑞、简·方达、罗宾·威廉姆斯、小库伯·古丁、大卫·奥伊罗、梅利莎·里奥、玛丽亚·凯莉、范尼莎·雷德格雷夫以及特伦斯·霍华德。

最初看到“大本营”里停放着的那一排排卡车和拖车时，我心想一定是有好几个电影制作组将总部设在了那儿。“不是的，那些都是来拍《白宫管家》的。”一位名叫埃文·阿诺德的制片助理告诉我。埃文建议我沿着那一排排卡车中间的空地边走边看，还特别交代我一定要看卡车侧面车身上的字。基于我所写的那篇文章而改编的电影《白宫管家》几个字出现在每辆车的车身上。我们身处新奥尔良，但埃文脸上却呈现出“欢迎来到好莱坞”式的笑容。那个场面真是值得一看。

电影的启动和制作一向是出了名的难，不论它的主题是什么。而将一个当了三十多年白宫管家的黑人的故事拍成一部电影，其难度则更是难以估量，更何况这部影片承载了我希望讲述的故事，希望人们能在影院里看一看黑人的生活。它应该是一部叙事片，如果通过历史的镜头来看，往往会与争取平等权利的努力联系在一起。正如影片中呈现的尤金·艾伦的部分生活一样，有关争取平等权利的努力在荧幕上的呈现在许多方面也始于白宫。

1914 年的时候，电影导演戴维·沃克·葛里菲斯计划根据托马斯·迪克松的小说《同族人》着手拍摄一部电影。那是一部让人很不愉快的小说，而迪克松本人又是一个公开的种族主义者。他的小说竭尽所能地描绘了那时几乎所有可以想象的附加在黑人身上的各种成见和刻板的印象。影片将背景设定在“内战”之后的重建期间，讲述了黑人如何肆意抢掠、贪污腐败、刺杀手无寸铁的白人妇女、最后被英勇的“3K 党”从奴隶制中解救出来的故事。电影的摄制者葛里菲斯生于肯塔基州，对于他父亲曾是一个战败的盟军士兵一事一直耿耿于怀，心存怨恨，因此对《同族人》一书中的故事十分钟情，垂涎不已。

葛里菲斯的影片摄制持续了一年多的时间，最终以《一个国家的诞生》为名在洛杉矶上映。观众坐在影院里，目不转睛，惊叹万分。影片结束时，座位上的观众认为自己刚刚观看了一部史诗，影院里经久不息的掌声震耳欲聋。众人纷纷议论说葛里菲斯也在现场，最后葛里菲斯以一副小老头的形象在台上出现，平息了那些传言。“他从舞台左

侧走了出来，走了大概有几英尺的距离。他看上去很矮、很瘦弱，几乎淹没在那个大得惊人的拱形舞台上。”一个报道这么写道，“他没有鞠躬，也没有挥手或作其他的示意，他就是站在那儿，让一浪高过一浪的掌声和欢呼声冲击着他，就像大浪拍打着岩石一般。”

早在那个时候，去电影院看电影相对而言还是件比较新鲜的事，但是这部特殊的影片却激发了全国观众的观影热情，赢得了场场爆满的票房销售业绩。影片受到观众热捧的消息通过电报、报纸报道以及电影杂志等渠道迅速在全国散播开来。影片也让“3K 党”的地位高涨起来，“3K 党”的成员将这部影片看作自己情操和信仰的象征。然而，这部影片也惊动了美国全国有色人种协进会的官员，他们发起了对电影的抵制。有些城市因为害怕引起骚乱而拒绝放映该影片。乔尔·斯平加恩是美国全国有色人种协进会的一名官员，他在和该组织的董事会对话时评论说，《一个国家的诞生》起到了“释放能量、激发人们对这个国家有色人种的支持的作用，因为这部影片攻击了他们的品质以及他们在历史上的地位”。黑人出版物的社论撰写者痛斥了这部影片，但因此也不得不在离开办公室时加倍小心自己的人身安全，担心遭到报复。

小说的作者迪克松设法见到了伍德罗·威尔逊总统，向他夸耀《一个国家的诞生》的火爆程度。他发现威尔逊是一个很善于接受的听众。同样是南方人的威尔逊总统最终决定在白宫里放映这部影片，使得其成为在白宫放映的第一部影片。威尔逊睁大双眼观看了该片。作为普林斯顿大学的毕业生，作为第一位拥有博士学位的总统，有学识的威尔逊总统对于眼前放映的景象却丝毫不加批判。当影片放映结束，演职员表开始滚动时，他兴奋又激动地声称他之前从未看过类似的东西。“这就像是在用闪电书写历史，”他说，“我唯一遗憾的就是它所有的一切都是如此真实。”

就这样，一部嘲笑美国黑人的影片在美国白宫进行了放映，还得到了美国总统的高度褒奖。为黑人而拍或者有关黑人的电影似乎真如光年一般遥远。

对大屏幕上的影像已经了如指掌的美国黑人在 20 世纪初期开始努力创造自己的电影史。1915 年，乔治·约翰逊

和诺贝尔·约翰逊兄弟俩成立了林肯影业公司。他们旨在讲述有关美国黑人的故事，以对抗当时盛行的《一个国家的诞生》以及《汤姆叔叔的小屋》、《拉斯特斯得火鸡记》、《浣熊镇妇女参政论者》等被翻拍成电影的作品。然而他们的创业并不顺利，而是被疾病给拖垮了：在全国范围内散发的一场流感让各地的影迷都不敢外出观影，他们的业务也被迫关闭。

奥斯卡·麦考斯紧随约翰逊兄弟之后。作为昔日奴隶的儿子，他硬是一步一步地前进，最终走进了演艺事业的世界之中。他从最初的擦鞋摊摊主做到火车卧铺的服务员，在成为美国西部的一个地主之后，他开始动笔写作。最初是给报纸写文章，后来开始写自传体的小说，其中包括《征服：一个黑人拓荒者的故事》一书。为了卖书，他不惜厚着脸皮挨家挨户去上门推销。但是仅仅写书、卖书是不够的，他还想拍电影。因此，当没人愿意投资将他的小说改编成电影时，他决定自己导演并制作这部影片。说干就干，他决定招募投资者，游说他们说，以黑人为主题的电影能赚钱。（直到今天，包括李·丹尼尔斯在内的黑人制片

人仍然经常采取这一策略。）影片上映时，为了让更多的观众走进影院，填满影院里的空座，麦考斯为自己的影片打广告："每个种族的男女都应该抛开他们对黑人拍电影能力的质疑，走进去看一看。"

整个20世纪20年代，麦考斯是美国最赚钱的黑人电影制片人，尽管那时那个圈子很小，大多数都可以被无视。他追求争议，从不犹豫：他拍摄的题材都是关于私刑、关于种族通婚、关于黑人教堂里的欺诈行为。他善于发掘不为人知的人才，成功地将洛伦佐·塔克推举为"黑人中的瓦伦蒂诺"，并且保罗·罗贝森也确实于1925年在麦考斯的《灵与肉》一片中获得了自己的第一个电影角色。尽管麦考斯似乎从来不缺乏傲慢与狂妄，但在那样一个以不平等为背景的绝望年代，他仍然想方设法拍了四十多部影片，不得不说是一个奇迹。那些影片大多避开了陈词滥调和刻板的印象，虽然离艺术的标准还有一些距离，但真正值得赞赏的是麦考斯的勇气和决心。

那个年代的其他影片，只要涉及黑人题材，都逃不出窠臼。电影中的黑人女性总是以女佣或者沉默寡言的保姆的形象出现，不少家庭场景都是如此，所以已经让这种荧屏印象深入人心。1933年，一位名叫维尔·马斯丁的资深轻歌舞剧编剧者成功地将一位小舞者送进了布鲁克林的一家有声电影摄影棚。那位名叫小萨米·戴维斯的舞者在电影《鲁弗斯·琼斯竞选总统》中担任主要角色。（看看，情景又回到了白宫！）在那部埃塞尔·沃特斯也参演的短片中，那个小男孩梦想成为总统。

影片将那个梦里的场景展现在观众面前，让观众一览无余：可爱的小孩挺胸抬头，昂首阔步，身边围绕着一群歌者和舞者，讲述着有关免费给予西瓜和猪排的笑话。在那个梦中，门口有一个标语，上面写着："来这里投鲁弗斯·琼斯一票，每票两块猪排。"当小鲁弗斯走过参议院门前时，他看见另外一个标语：检查你的剃须刀。在梦里，小男孩当选了总统。当然，在梦里，他还有一个副总统。影片显示，那个副总统就是他的"妈咪"！从梦中回到现实，舞台上的表演对小萨米·戴维斯而言同样丑陋不堪。

有时在舞台上，他会扮演黑人小孩，因此他其实是一个正在扮演白人的黑人小孩，在假装是一个正在扮演黑人的白人小孩，而这些表演仅仅是为了博得白人观众一笑。

20世纪40年代，成年黑人演员更难获得上镜的机会，即便如莉娜·霍恩、多萝西·丹德里奇和埃迪·罗切斯特·安德森等演员能偶尔在影片中出镜，他们也不得不忍受让人倍感屈辱的轻蔑和怠慢，有些人至今也没能从心灵的创伤中恢复过来。

尽管像霍恩等肤色稍浅的黑人女性在白人电影观众中似乎更得人心，她们的日子同样也不好过。1954年，多萝西·丹德里奇因为在《卡门·琼斯》中的出色演出而成为第一位获得最佳女演员提名的黑人女性。但是这项赞誉并没有带给她荣光和幸福，反而成了一种折磨人的挑逗：尽管似乎得到了承认，但她的工作室并没有因此而给她提供更具挑战性的剧本，那些白人男演员也没有对她的出现表示出格外欢迎。丹德里奇患上了抑郁症，再加上过度依赖药物，最终从荧屏上消失了。她于1965年去世，去世时穷困潦倒。

与丹德里奇相比，莉娜·霍恩与好莱坞的关系似乎处

理得更好一些，那也仅仅是因为曾经有一段时间她在好莱坞彻底消失了，谁也找不到她（虽然1969年她又重返大屏幕）。整个50年代，霍恩的名字都在黑名单上，电视和电影都不允许她露面。对于霍恩的被驱逐，好莱坞没有人胆敢去挑战。有传言称因为她与激进主义分子保罗·罗贝森走得太近，所以让其他人避之不及。

在一个孩子的心中，电影不太容易产生深刻的社会影响。孩子走进电影院是为了感受影片，寻找英雄。身为作家的詹姆斯·鲍德温回忆，自己12岁时常去电影院，看着宽宽的电影屏幕上高大的人物，与其他所有处于青春成长期的少年并没有什么不同。"那个时候我并不知道，美国几乎每个黑人社区都有一个电影院。那个时候，有的社区还会有一个真正的剧场，像林肯啊，或者布克·华盛顿之类的。我当时也不明白为什么，就像我不明白为什么'棉花俱乐部'叫'棉花俱乐部'一样。"

经过数十年，鲍德温终于明白，影院已经融入了美国人的灵魂。电影院成了美国人每周必去的地方，那里有一套信仰系统正在运转。作为一个美国民众，我们去电影院

看电影，是因为它们能填满我们的集体想象。（在我的家乡，俄亥俄州哥伦布市的长街上就坐落着一家林肯影院，现在已经重建一新，引人注目地屹立在那儿。）

但是在那样一个时代，连街道上都没有平等可言。接下来的十年里，游行抗议的步兵、伯明翰和塞尔玛的夜间骑兵以及被送进学校打破种族隔离的先锋学生等种种都是证明。既然如此，在电影制作的选择上又怎么可能期望人人平等呢？无论是摄像机前还是摄像机后，似乎都没有黑人的位置，亨瑞·贝拉方特或西德尼·波蒂埃出演的影片是当时唯一的例外。

随着60年代的到来，一段历史性的时期也正拉开序幕，其中的领袖人物包括马丁·路德·金、马尔科姆·X、肯尼迪兄弟、贝拉方特、波蒂埃（贝拉方特和波蒂埃曾给南方各地的抗议者交纳保释金）。好莱坞山似乎也感觉到了什么。电影制作者意识到他们并没有跟上历史的滚滚车轮，美国正将他们抛诸脑后。是有一部《一个国家的诞生》，没错，但是其卖点和主题也是黑人的圆蓬式发型，以及黑人研究项目，还有民权法案以及殉道者的故事。看起来好莱坞的掮客们似乎已经错过了整个运动。这也正是缘何亨瑞·贝拉方特和西德尼·波蒂埃的故事如此强大的原因——他们谙熟那些落败在他们身后的艺术家们的奋斗历程，但是他们在街道着火之前便奋力冲了出来。他们的存在拷问着好莱坞的良心，好莱坞距离南部那些杀气深重的小镇如此之远，仿佛就是另外一个世界。

西德尼·波蒂埃是美国好莱坞电影界的第一位黑人男影星。他那孤独却又令人赞叹的人生轨迹和奋斗历程，我们只能尽情想象了。整个20世纪40年代，波蒂埃都在位于哈莱姆的美国黑人剧院里磨炼自己的技能；亨瑞·贝拉方特是一个学生演员，曾在《卡门·琼斯》以及《阳光下的小岛》中担任主要角色。波蒂埃一路向西，接了不少电影中的小角色，并终于在1958年获得一个重要的角色——在《挣脱锁链》一片中与托尼·柯蒂斯演对手戏，并且因此而获得了他人生中的第一个奥斯卡最佳男演员奖的提名。

在1963年，“黑鬼”在当时是很流行的一种称呼。回首那一年美国的日历以及“黑鬼”在社会中所扮演的角色，人们会发现不少可以定格的瞬间。那一年尤金·艾伦已经当了11年的管家；那一年也是美国奴隶制度废除一百周年，为了表示纪念，白宫里举办了《奴隶解放宣言》的纪念活动。然而，该活动在主流媒体中并没有得到很大关注，因为主流媒体的目光都转向了另外一个事件——9月15日，在亚拉巴马州伯明翰的第十六街浸信会教堂，“3K党”徒引爆了一个炸弹，以抗议伯明翰与那些通过抗议和抵制来反对种族隔离的示威者之间达成的和解。四名正去参加周日礼拜的女孩在爆炸中丧生。作为斗争过程中的殉道者，她们和艾米特·提尔、梅德加·埃弗斯以及其他所有的步兵一起，朝着通往平等的道路一路前行，成为美国平等权利斗争中可歌可泣的标志。现实生活中的美国如此危险，好莱坞的影像又怎敢触碰？

同样是在那一年，西德尼·波蒂埃出现在《原野百合花》一片中。在剧中，他扮演的荷马·史密斯是一个失业建筑工人。他虽然居无定所，却热心地帮助一群德国修女建造一座小教堂。影片成功地在影院大屏幕上公映。对许多家庭而言——尤其是黑人家庭，包括我自己的在内——

这部影片成了年度家庭电视时间的主要观看影片，在少见的黑人主演的影片中，该片已经成了电影史上一种值得纪念的仪式，几乎可以与《绿野仙踪》在许多其他家庭中的地位相媲美。

《原野百合花》的剧本脱胎于威廉·E. 巴雷特的同名小说。原著出版于1962年，是一本127页的可爱中篇，曾被《纽约时报书评》描述为“当代寓言”。且不论是否可以称之为寓言，美国黑人们终于看到荧幕上有一个堂堂正正的黑人形象，不用卑躬屈膝，可以自由地安排自己的时间，可以洒脱地漫游世界。波蒂埃因为在影片中的杰出表现而获得奥斯卡最佳男演员奖的提名。与他同获该奖项提名的还有阿尔伯特·芬尼、理查德·哈里斯、保罗·纽曼以及雷克斯·哈里森。

波蒂埃没敢想象他能最终赢得那一奖项，所以当奥斯卡之夜，安妮·班克罗夫特打开信封念出波蒂埃的名字时，他获奖的消息传遍了圣莫妮卡礼堂内外。最为惊讶的还是波蒂埃本人。这是他在电影界创造的历史，是一个崭新的突破，同时也是对过去那些创伤的一剂镇痛良药。“走到这一刻我们用了太多的时间。”波蒂埃站在领奖台上激动地说，他的话也让全美国的黑人热血沸腾。“我们黑人做到了!”波蒂埃后来回忆起那个晚上的时候写道，“我们是有这个能力的。只是由于我们不得不坚持对抗生命中那些难言的不平等，而不得不忘记其实我们的能力要远远超出这个文化愿意承认的范围。”

西德尼·波蒂埃的获奖是不是预示着黑人在好莱坞电影中的日子更加好过了呢？如果我们将时针拨快，我们就会见到这样一个很能说明问题的事实：直到 2001 年，才有另外一名黑人演员似乎有望获得奥斯卡最佳男演员奖。那是丹泽尔·华盛顿，他在《训练日》中饰演一名腐败的侦探，他的演出既震慑人心又充满争议。这距离波蒂埃历史性的获奖已经近四十年之遥。一直对美国电影直言不讳的黑人们很难相信西德尼·波蒂埃和丹泽尔·华盛顿之间那么长的差距仅仅只是运气不佳。这个差距让人们不禁想起了过去那些被忽视的表演，如保罗·温菲尔德 1972 年在《儿子离家时》与同样杰出的西西莉·泰森的精彩演出、伊万·迪克森 1964 年在《真男人》中的出色表现、詹姆斯·厄尔·琼斯1970年在《拳王奋斗史》一片中的卓越演绎等。1993年，许多美国人，特别是黑人，都诚挚地为丹泽尔·华盛顿祈祷，希望他能因为在《马尔科姆·X》一片的提名而最终载誉归来。他们满怀希望也不是没有道理的：影片的导演斯派克·李费了颇长时间的周折才最终将影片拍摄完成，而丹泽尔·华盛顿也因为他在该片中的表现在那一季斩获了不少业内奖项。但是，唯独还没有奥斯卡奖。

最终，丹泽尔·华盛顿因为在《训练日》中的出色演出众望所归地赢得了奥斯卡影帝的桂冠，而那晚也似乎特别眷顾黑人，因为当晚哈莉·贝瑞也因为她在《死囚之舞》一片中的争议性角色而获得奥斯卡最佳女主角奖。在影片中，她饰演一位贫穷的南方黑人妇女，在其死囚丈夫死后，她与一位白人看守发生了感情纠葛。其中在一处场景中她全裸出镜，这在许多黑人女演员眼中都是有损人格的行为，她也因此遭到了质疑。

时至今日，好莱坞仍然弥漫着一种情绪，那就是黑人表演人才的画廊里仍然缺乏精心绘制的丰富角色。研究也显示，在主流影片中担任主要角色的黑人数量微乎其微。

说及导演，电影界对黑人的认可更是少之又少。在美国电影史上，只有两位黑人导演曾获奥斯卡最佳导演奖提名，一是约翰·辛格顿因其执导的《街区男孩》获得提名，再就是李·丹尼尔斯因其执导的《珍爱》而获得提名。

我们再将镜头切换回20世纪60年代，特别值得一提的是，西德尼·波蒂埃在电影上的历史性成就在不断升温的民权运动中也开始发挥作用。历史的巨石在尘世中滚滚向前，不能回头。闪光灯不停地闪烁，波蒂埃始终是镜头的焦点，这也给了黑人们一个理由，去为更多的电影形象许下希冀，并为之祈祷。

1967年，西德尼·波蒂埃出演了两部被广泛热议的影片：《猜猜谁来吃晚餐》和《炎热的夜晚》。两部影片都是对现实生活生动的写照，特别在那些曾在这个种族隔离的国家生活过的许多白人影迷心中，这些影片形象地反映了在处于努力融合阶段的美国，奋力在不断变幻的社会形势中开辟前进道路的黑人的生活是怎样的。波蒂埃以他自己独特的视角感受着，演绎着。艺术并不是简单地模仿生活，而生活则会重塑艺术。

在《炎热的夜晚》一片中，西德尼·波蒂埃饰演一位北方的警官，在密西西比身陷囹圄。在那儿，他被说服协助侦破一起当地的谋杀案。在影片摄制开始之前——千真万确——波蒂埃就告诉导演诺曼·杰威森，他不会在充满敌意的密西西比进行拍摄，毕竟许多民权工作者都曾在那个州被杀害。因此，影片的摄制工作在伊利诺伊州和田纳西州进行。但是田纳西州也并不是一个人人友好的地方。在听到一些南部的乡下人对他喊绰号时，波蒂埃让人们知道他睡觉时在枕头下面放了一把枪。

那一年，西德尼·波蒂埃还出演了《猜猜谁来吃晚餐》。那个时候，不同肤色的人之间的恋爱和婚姻还饱受争议，在电影中更是如此，哪怕一点点的异族性暗示也被视为禁忌。在这种背景之下，1967 年的《猜猜谁来吃晚餐》题材之新颖甚至激进就不容低估了。那是一部主流影片，为美国公众打开了异族性禁忌这个话题。故事的情节围绕一个黑人（西德尼·波蒂埃饰演）和他的女友（凯瑟琳·霍顿饰演）之间展开。白人女友必须告诉她的父母（由荧屏传奇斯宾塞·屈塞和凯瑟琳·赫本饰演），她要嫁给一个黑人——一个“黑鬼”。到次年奥斯卡电视转播的时候，马丁·路德·金在孟菲斯遇刺的消息已经在几天前传遍美国了。愤怒充满了城市的每个角落。猜猜谁来到白宫？游行者和示威者占满了宾夕法尼亚大道1600号方圆一个街区的范围。包括尤金·艾伦在内的管家和女佣们从楼上的窗户里清楚地看到了下面发生的一切。也正是在那一年，受命调查1967年暴乱事件的科纳委员会得出结论，认为美国“正走向两个社会，一白一黑，各自独立而又不平等”。尽管科纳委员会的报告中并没有如此微妙地明确指出，我们也不得不承认，好莱坞为促成这样一个社会的长久存在也起到了推波助澜的作用。

在这种情势下，西德尼·波蒂埃又该如何自处呢？一直以来，有许多人，特别是与黑人权力运动有关的人士，觉得波蒂埃对好莱坞太过逆来顺受，才会接受《猜猜谁来吃晚餐》一片中那样的角色。但是无论如何，波蒂埃都是美国黑人的试金石。从白宫管家到工厂工人，从学校教师到体育英雄，波蒂埃赢得了广泛的尊敬。尽管如此，新老一代美国黑人对波蒂埃的不同看法仍然是美国黑人圈中的有趣谈资。从理发店、餐桌上，到茶余饭后，人们都在议论纷纷。这一点在《白宫管家》一片中得到重现。那是20世纪60年代中期充满温情的一幕。影片中，塞西尔（以白宫管家尤金为原型）和他的妻子格洛丽亚，以及儿子路易斯正围坐在餐桌旁，格洛丽亚告诉路易斯，她最近观看了波蒂埃出演的《炎热的夜晚》，于是便有了父子之间如下的对话：

路易斯：

西德尼·波蒂埃是白人意淫的产物。他们希望我们是那个样子的，表现良好，却没有一个男人应有的男子汉气概。

塞西尔：

可是影片也有让他努力去争取平等的权利啊！

路易斯：

那也不过是依据白人能够接受的方式去争取而已。

这种情绪通过街头的骚乱得到表达和释放，就连好莱坞也不可能视若无睹。在有着世界影视之都美誉的洛杉矶，一场暴乱在瓦茨社区爆发开来。如今全世界的观众都可以通过纪录片的画面，看到当时席卷整个美国的那种不平等的悲痛困境。阳光之地的电影摄制者们似乎陷入了时间隧道和失败的阵痛之中，电影对他们而言似乎触手可及，却似乎又遥不可及。导演们正忙碌地拍摄如《怪医杜立德》等大预算却不卖座的影片，而就在距离电影工作室数英里远的地方，大火已经肆虐蔓延。

当然，那个年代，也有一种代表多元文化的电影制作在夹缝中求得生存，那就是所谓“利用黑人兴趣的电影”的实验时代。起始于 20 世纪 70 年代，那些电影在美国许多城市剧院纷纷上映。现在看起来，其中许多影片可能已经落伍或者像滑稽复古剧。它们的预算往往很低，但是影片中洋溢着一股激进的暗流：出演的男女演员都不是传统的那种甘心屈服或者逆来顺受的角色。他们积极进取，孤傲冷漠，不容挑衅。他们是正义的反叛者。荧屏上，他们的黑色卷发随风摆动，他们的喇叭裤闪闪发光。夹杂着“惠特妮”、“嘿，老兄”、“那个家伙”以及“明白了”的对话，与城市街角上轻快的脚步声交相辉映。黑人电影观众突然有了看起来和他们自己一样的荧屏英雄，于是他们蜂拥而至，去电影院看电影，其中包括《老兄》、《骚狐狸》、《铁杆神探》、《特拉克・特纳》、《女煞星》以及《超级苍蝇》等影片，其中《超级苍蝇》一片有一首灵魂爵士大师寇帝・梅菲制作的配乐，堪称经典。值得一提的是，这些影片还为圈内抓住了机遇的黑人演员提供了工作机会，其中包括加尔文・洛克哈特、荣恩・奥尼尔、波尼・凯西、朱利叶斯・哈里斯、席拉・弗莱泽、理查德・普赖尔、帕姆・格里尔、比利・迪・威廉姆斯等。

70 年代初，黑人在电影中的表现颇为活跃，但是奇怪的是，70 年代后半叶，黑人电影却可以说是一片荒芜，仿佛黑人已经开始从电影界逐渐消失。大批的黑人人才要么被打入冷宫，要么就是努力挣扎着寻找与电视有关的工作，而且这种情况持续了许多年。在所谓的自由好莱坞的这片土地上，即便连黑人题材在电影中出现似乎都成了一种禁忌。

对于此事，《人物》杂志的编辑们另有想法。1982 年，他们发表了一篇题为《好莱坞的黑人们：他们都去哪儿了?》的文章。文章将这一问题公开挑明，警示人们对此不能再置若罔闻、视若无睹。文章言辞犀利，直言不讳，明确指出黑人一定是上了好莱坞电影的“白名单”（“白名单”这一术语显然是对臭名昭著的“黑名单”一词的戏谑，而“黑名单”原本是用来描述那些因为涉嫌与“亲共分子”有瓜葛而被拒绝给予工作的好莱坞电影界的成员）。让那些愿意在文章中被引用的黑人感到难以置信的是，在经历了1977年电视短剧《根》——讲述了一个美国黑人家庭从奴隶制到获得自由的坎坷历程——取得圆满成功之后，他们竟然没有获得任何在职业生涯方面的提升。美国全国有色人种协进会的好莱坞分支也加入到呐喊之中，以期让更多人注意到黑人演员所处的困境。

在随后的几年里，黑人制片人和演员在好莱坞的知名度稍有提升，并且大部分势头都来自独立电影运动，特别是斯派克·李的电影。1986年，斯派克·李执导了电影《她说了算》，三年之后又导演了《为所应为》一片。《为所应为》讲述了纽约布鲁克林黑人社区里暗含冲突的种族关系，是斯派克·李的开创性影片之一。除了斯派克·李的影片之外，大多数独立电影的盈利往往都达不到那些大制片厂的预期。

侧影中的惠特克

导演李・丹尼尔斯与饰演格洛丽亚的奥普拉・温弗瑞

福里斯特・惠特克和奥普拉・温弗瑞饰演塞西尔・盖恩斯和格洛丽亚・盖恩斯，他们的原型分别是尤金・艾伦和海伦娜・艾伦

福里斯特·惠特克与罗宾·威廉姆斯

肯尼迪夫妇来到白宫：詹姆斯·马斯登与敏卡·凯利饰演肯尼迪夫妇

尤金·艾伦与艾伦·里克曼饰演的里根总统交谈

重建 20 世纪 60 年代的种族隔离场景

约翰·库萨克饰演理查德·米尔豪丝·尼克松

艾伦·里克曼和简·方达饰演里根夫妇

大卫・奥伊罗饰演盖恩斯的儿子路易斯，因为参与 20 世纪 60 年代的静坐而被捕

警方用水管喷射抗议者

兰尼·克拉维茨、福里斯特·惠特克和小库伯·古丁饰演白宫员工

尤金·艾伦正在给卡罗琳·肯尼迪（克罗伊·贝拉克饰）读晚安故事

奥巴马总统入主白宫也有尤金·艾伦的功劳

在20世纪，金钱与电影的关系是不少商业巨头都在高谈阔论的话题。路易·B. 梅耶和塞缪尔·戈尔德温都想制作赚钱的影片。正如好莱坞阵营里的人经常喜欢重复的那句话：无商业，不演出。

如果一部美国电影的演员阵容大部分都是黑人，或者哪怕只是黑人占据了一部主题电影的叙事主题，当影片上映时，都会引发热烈的讨论。会有人去看吗？会不会只能在城区上映？参演《白宫管家》的福里斯特·惠特克也出演了克林特·伊斯特伍德的《菜鸟帕克》，在这样的影片中，总能看到跨界吸引的希望。说起影片的主题，奴隶制是美国电影制片人一致回避的一个话题。史蒂芬·斯皮尔伯格的《断锁怒潮》一片是一个例外。影片讲述了奴隶起义和具有里程碑意义的法庭审判的故事，是一部震撼人心的戏剧，其中杰曼·翰苏和安东尼·霍普金斯的表演扣人心弦。《断锁怒潮》一片在美国国内的总收入为4 500万美元，虽然并不寒碜，但是绝对不是斯皮尔伯格电影的预期收益。许多观众认为电影中的一些诸如奴隶溺水、被捆绑、被枪杀的场景实在太过于惨不忍睹，让人无法坚持看完影片。值得一提的是，尽管昆汀·塔伦蒂诺导演的《被解救的姜戈》遭到了同样的批评和指责，该片却十分卖座，引发了观影狂潮，还获得了不少奖项。

有些时候，一些以黑人为主题的电影如此与众不同，如此令人惊讶，公众往往会忽略那些有关票房和收入的世俗话题。《尘土的女儿》就是这样的一部影片。影片拍摄于1991年，故事将背景放在了20世纪20年代的南卡罗来纳州，围绕着一群女性以及她们的移民梦展开。影片取得了热夜之梦一般的席卷式胜利。影片由茱莉·黛许执导，演员阵容里也没有一个好莱坞大牌明星。除了它清新脱俗的品质之外，影片还有一些令人赞叹之处：这是第一部由黑人女性所导演而在美国获得广泛发行的影片。《尘土的女儿》并没有创下任何票房纪录，但是在2004年却被国会图书馆选中，获选放入美国国会图书馆收藏电影目录进行归档保存。虽然艺术并不一定会让影迷去电影院买票观看，但艺术往往很高贵，是一个令人敬佩的领域。随着时间的推移，那些预算惊人的大手笔电影可能会被逐渐淡忘，但是黛许亲切的小制作却将被人们所铭记。

与《尘土的女儿》一样同属于会被铭记但却不一定盈利的影片还有《新绿野仙踪》。影片由伟大的导演西德尼·吕美特执导，光彩照人的莱娜·霍恩在影片中扮演善良的女巫。让一群黑人演员重现大家心爱的经典影片，这在当时似乎是一个十分可爱的想法。虽然电影本身很有趣，但最终还是因为黛安娜·罗斯的角色分配不当而遭遇了滑铁卢。尽管如此，黑人们见到如此大手笔预算投资的音乐剧，还是激动不已。又有多少拥挤在市中心的平民的梦想在看完那部影片之后开始萌芽呢？我们或许永远都不会知道。

话说回来，电影制作人其实就像是赌徒。只要投身到那场赌博之中，未来就愈发变幻莫测、难以捉摸。没错，泰勒·佩里确实是有一大票的崇拜者和追随者，但是同样也有许多人并不会蜂拥前去观看他的喜剧作品。但是毋庸置疑的是，他已经进军了一个独特的领域：以黑人为主要阵容的喜剧电影，带领观众欢乐开怀的同时，最终也会在票房上赢得盆满钵满。佩里有一个天才的营销机器：黑人教堂的女士们谈起他时就如同在传播福音一般，她们会在周日的礼拜过后迫不及待地冲向影院观看他的最新作品。

塞缪尔·戈尔德温和路易斯·B. 梅耶应该也会喜欢佩里这一套吧。多多商业，多多演出！

拍摄一部影片的不易众所周知。乔治·卢卡斯花了二十多年的时间才隆重推出《红色机尾》一片。该片讲述了“二战”中黑人塔斯克基飞行员的故事。当时没有好莱坞工作室愿意投资制作这部影片，卢卡斯哀叹之余，只好自己筹资制作。结果影片出乎意料地大卖，总收入高达5 000万美元。这印证了一句老话：勇敢的赌徒定能取胜。但是同样也引出了一个让人深思的问题：在这个国家的近期历史上，发生了60年来最了不起的民权运动，带来了广泛的感情波动，为什么美国的电影制片人都不利用这一题材，而是对其敬而远之呢？这是一片尚未开发的沃土。“我希望《白宫管家》能引发一场朝那个方向共同努力的运动。”制片人帕姆·威廉姆斯对我如是说。

如果说电影是一种通用语言，那么关于美国和美国电影是如何表达的呢？美国电影是巨大的出口来源，但是却无视了自己民众中的一个重要部分，难道这不是一种文化蒙蔽吗？仅仅将困境暴露出来，吸引些许注意是远远不足以解决问题的。

《纽约时报》备受尊敬的电影评论家曼诺拉·达吉斯曾撰稿评论2011年的奥斯卡奖提名者，评价他们2010年的演出情况。在评论中，达吉斯对提名者的情况了如指掌，勾画出了一幅多角色、多流派的蓝图。但是，她在评论中同样指出，"1940年哈蒂·麦克丹尼尔因为在《乱世佳人》一片中饰演妈咪一角而成为首位获奥斯卡奖的黑人演员，与当年获得最佳影片提名的十部影片相比"，2011年获得提名的电影"在种族上更加同质了，也就是更白了"。在达吉斯看来，2010年"可能是近几十年来好莱坞最白的一年"，这是个令人痛苦却又显而易见的事实。对于一位重量级的电影评论家，在论及种族的时候却需要将美国电影追溯至20世纪40年代，这只能看作是对现代电影制作的一种指责。达吉斯的评论于一个周日出现在《纽约时报》上，那一天是发行量很大的一天，人们几乎可以听到整个好莱坞的咬牙切齿声：一个黑人占据了白宫的椭圆形办公室，但是电影似乎又在走昔日那些刻薄的日子里所存在的"白名单"的老路了。（有意思的是，2013年6月，《纽约时报》

的一篇文章盘点了即将发行的以非裔美国人为主题的电影，《白宫管家》就是其中之一。）

幸运的是，对于美国电影界所缺乏的多样性，还是有人表示出了担心，其中就包括劳拉·泽斯金——一位强大的好莱坞电影制片人。泽斯金有许多经典作品，最有名的包括《风月俏佳人》、《尽善尽美》以及《蜘蛛侠》系列。最初读到我发表在《华盛顿邮报》头版题为《白宫管家：得偿所愿的选举》的文章时，泽斯金身在伦敦。她和她的制片人伙伴帕姆·威廉姆斯设法找到了我，而那时我正在田纳西州孟菲斯的一个旅馆房间里正忙着手头的任务。

劳拉·泽斯金和帕姆·威廉姆斯立即想到那篇文章可以改编成电影。他们将《白宫管家》想象成一部史诗，一个从白宫管家双眼里涵盖现代民权历史的故事。“我们将那篇文章送了出去，送给几个潜在的电影投资者看，最终得到了好几个声名显赫的导演的回应，其中包括任何制片人都无法忽视的导演——史蒂芬·斯皮尔伯格。”威廉姆斯回忆说。但是斯皮尔伯格最终选择了放弃，因为他的日程已经排得满满当当，实在没有空闲再排下新电影的拍摄任务。

泽斯金和威廉姆斯将其他导演召集起来，开了几次会议，让他们阐述自己的想法。相比较起来，李·丹尼尔斯的远见让人印象最为深刻。他们坐定下来，丹尼尔斯用了好几个小时的时间将他的想法和见解一一列举、详细阐述，让两位制片人几乎落下泪来。

李·丹尼尔斯曾执导过《珍爱》，那是一部以哈莱姆为背景的影片，讲述了一位受虐少年的故事，整部影片情节紧凑、跌宕起伏。谈起《白宫管家》，在丹尼尔斯的想象中，那应该是一部上至白宫、下至现在民权运动的大街，席卷全国的影片。20 世纪 60 年代以来的许多重量级演员都将参演，而伯明翰和塞尔玛以及夜间骑行者那些令人不安的画面都将在荧屏上得到重现。（天才的编剧丹尼·斯特朗撰写了最初的剧本，之后丹尼尔斯又进行了一定的改写。）这样的一部影片要想体面地制作出来，需要一笔不小的预算。

《白宫管家》一片筹资的时候遇到了不少困难。起初，劳拉·泽斯金找到一个有意愿制作该片的大型制片厂，但是却被告知尽管他们非常想要制作该片，但是无法负担她提出的高额预算。泽斯金并没有因此而气馁，她咬紧牙关，果断采取了另外一种策略。如果没有其他办法，她将独立筹资。在好莱坞，这是许多真正想办事的电影制片人为了规避风险而不得不采取的一种常见做法。为了艺术，李·丹尼尔斯本人也不惜放下身段，毕恭毕敬地四处寻求帮助。当初制作《珍爱》一片时他就是用的这种方法，最终《珍爱》赢得了最佳配角奖和最佳改编剧本奖两座奥斯卡奖杯，还为他赢得了最佳导演奖的提名。

除了此前的筹资办法之外，泽斯金和威廉姆斯还展开了新的攻略。他们联系上了黑人娱乐电视台（BET）的前老板希拉·约翰逊。约翰逊在弗吉尼亚州开设有蝾螈酒店和度假村，雇用了许多国内工人，对于一个工作了多年的谦卑恭顺的白宫管家的故事，她感到很有兴趣。“我是在纽约城的圣瑞吉大酒店见到李的。”一天晚上，约翰逊在片场回忆说：“还没等我正式落座，我就已经被他说服了。我知道这样的故事一定得讲出来给大家听。这不是一个简单的故事，而是层层包裹着的历史。”（正是由于有了约翰逊的种子基金，才开启了《白宫管家》一片摄制的财务大门。）

就这样，泽斯金、威廉姆斯、丹尼尔斯和约翰逊组成了黄金四人组，他们开始和其他投资者商谈，旨在吸引更多的投资者加入。然而，随着时间的不断推移，2010 年的晚冬逐渐变成了 2011 年的初春，一个让大家倍感痛苦却又不得不面对的事实出现在大家面前：早些年被诊断出患有乳腺癌的泽斯金的健康状况在不断恶化。尽管如此，她身体越虚弱，斗志却越坚强。她会在深夜打电话，早晨起来又接着打。在打电话的间隙，她抽空吞下她的药片，然后又开始筹划制作电影的下一步行动策略。迫不得已的时候，她会向女儿茱莉娅求助，或是让来访的李·丹尼尔斯帮忙，而帕姆·威廉姆斯似乎一直都陪在她的身旁，从未离开。每次从泽斯金身边积蓄了新的能量之后，他们会各自回到电话旁，继续筹集拍摄电影所需的资金。泽斯金会亲自请求那些投资者前往她的家中商谈，在他们吃着三明治的时候，泽斯金会告诉他们这个故事太重要了，一定得讲出来才行。每次谈完，泽斯金都累得腰酸背痛，筋疲力尽地瘫坐在沙发上。而每次出现在世人面前时，她都昂首挺立，以高大的形象示人。渐渐地开始有投资不断地涌入，影片的拍摄也得以为继。劳拉·泽斯金于2011年6月12日去世，临终之前，她请求身边那些人做出承诺，一定要将她构想的那部电影制作出来，他们都含泪应允，并表示一定会信守承诺。

资金到位了之后，导演、制片人以及角色分配大师比利·霍普金斯各司其职，开始筹划演员阵容。李·丹尼尔斯特别善于发掘演员的表演潜能，这一点已经得到了广泛承认，也让演员们惊叹不已。(影片中的管家以尤金·艾伦为原型，对此艾伦的儿子查尔斯·艾伦也没有异议。尽管查尔斯坦诚地说，最初看到福里斯特·惠特克和奥普拉·温弗瑞扮演他的父母时，他的情绪有些激动，但是后来他告诉我说，他觉得他们已经抓住了他父母的核心本质，虽然为了影片的需要，他们的故事都有戏剧化的夸张成分。“他们简直不可思议!”查尔斯谈起那些演员时赞叹说，“不知怎么，他们仿佛再现了我的父母!”）丹尼尔斯经常不厌其烦地与演员商讨表演的每个细节，这一点是出了名的。在拍摄《白宫管家》之前，丹尼尔斯花费了无数个日日夜夜潜心研究那些材料和照片，将自己沉浸在即将开始

拍摄的状态之中。演员们之间互相传着他对细节的关注和追求。在影片的阵容不断整合的过程中，影片的联合制片人之一大卫·雅各布森给演员们的经纪人打电话。“我会跟那些经纪人说，等这部电影完成了，他们的客户会因为想参与其中而付我们钱。”他这话并非玩笑。

劳拉·泽斯金知道，由于《白宫管家》一片题材的缘故，影片的演员阵容将会是种族多元化的，这也是让她倍感骄傲的地方。首先是奥普拉·温弗瑞签署了参演协议，接着福里斯特·惠特克和大卫·奥伊罗也加入进来，阿兰·里克曼、小库伯·古丁和蓝尼·克罗维兹紧随其后，紧接着范尼莎·雷德格雷夫和简·方达也加入进来，还有玛丽亚·凯莉和梅利莎·里奥。好莱坞的业界报纸对影片的演员阵容进行了大规模报道。更多演员加入了进来：里夫·施雷伯，詹姆斯·马斯登，罗宾·威廉姆斯，约翰·库萨克，克拉伦斯·威廉姆斯三世。除了举世瞩目的明星阵容之外，影片的许多幕后工作者同样不可小觑。其中包括负责服装的露丝·卡特、负责摄像的安德鲁·邓恩以及负责化妆的马修·蒙格儿，他们为影片获得奥斯卡奖提名

以及其他多个电影奖项奠定了基础。了解《白宫管家》内部制作的人都知道，许多演员以及演职人员都减薪工作，否则单凭电影有限的预算，根本不可能支撑得起那么高昂的片酬。“许多人都是冲着影片的规模来的。”帕姆·威廉姆斯偷偷地告诉我，“他们就是想参与这部影片，仅此而已。”

一天晚上，我和《白宫管家》的编剧之一丹尼·斯特朗在电影片场聊天。丹尼是土生土长的加州人，在成为编剧之前曾是演员。当我问他为何如此急切地想参与这部电影时，他回答说：“我真的很热衷于美国的种族问题，我想这部电影中从吉姆·克劳一直到奥巴马的故事，可能可以涵盖非裔美国人的整个历史。我认为它将成为种族历史上的一部史诗电影。”

近年来，有关好莱坞意图制作以民权运动为主题的电影的消息在电影圈里一直不绝于耳，然而在现实情况中这样的片子仍然是少之又少。即便是为数甚少的那几部片子，大多数情况下得到的也都是轻蔑和嘲笑。《密西西比在燃烧》于 1988 年上映，影片的灵感来源于 20 世纪 60 年代初

期三名民权工作者在密西西比被杀害的真实故事。然而影片却偏离正轨，将两名参与调查的联邦调查局白人特工树立成了英雄。历史记录明确显示，在密西西比一案中，美国联邦调查局并没有扮演英雄的角色。影片非但没有真实重塑黑人的形象，反而最小化了黑人民权工作者在腥风血雨的密西西比所发挥的作用。1996 年，《密西西比谋杀案》上映，讲述的是就民权领袖梅德加·埃弗斯被杀害一案展开的调查。密西西比执法方面似乎毫无意愿去侦破该案，而影片本身则聚焦于在该案搁置了 30 年悬而未决后，一位重启该案的白人助理检察官，将他塑造成了勇敢和负责的典范。当然，在任何多层面的故事中，电影制作人都必须决定专注于故事的某个方面，但问题是，说到《密西西比谋杀案》，难道麦迪加·埃弗斯的人生故事不足以制作成一部引人注目的电影吗？斯特朗深知那些电影所留下的回味。就目前这部有关白宫管家的电影而言，“要避开那些陷阱很容易，”斯特朗说，“它绝不会成为高贵的白人帮助受压迫者的故事，而是会成为一个黑人管家以及黑人孩子在民权运动过程中奋起抗争的故事。那是他们自己发起的行为，就连总统们也是被迫加入他们的。”

当我还在田纳西州的时候，我首次和劳拉·泽斯金以及帕姆·威廉姆斯通话，然后我们在华盛顿特区进行了第一次会面。之后，我和编剧丹尼·斯特朗经常访问并询问现实生活中的管家尤金·艾伦，然后进行很长时间的讨论。在《白宫管家》开始拍摄前几天，我来到新奥尔良，这是我第一次来到片场。看到那些演员以及许多富有创造力的人都在为《白宫管家》努力工作，听着他们谈起想参与这部电影的原因，真是令人欣慰和兴奋。“他们代表着不为人所知的整个黑人中产阶级。”一天下午，奥普拉·温弗瑞和我聊起管家夫妇时说，“这个故事太美好了。”

当福里斯特·惠特克签署协议，答应出演管家一角时，与电影相关的每个人都欢欣鼓舞起来。“我之前的职业生涯前进的方向似乎不对。”在影片拍摄开始的前一天，福里斯特·惠特克对我说。这话从惠特克的嘴里说出来，似乎有点怪怪的，毕竟他曾因为在《末代独裁》一片中饰演乌干达总统安迪·阿明的精彩表现而获得奥斯卡最佳男主角奖。（尽管惠特克没有提及，但是他近来很多的电影在上映之前都要在电影院进行极其痛苦的内部封测。）惠特克谈起当受邀出演管家一角时，他感到既震撼又欣慰。“这是我曾出演过的众多角色中最复杂的一个。”惠特克说。他表示，该角色的复杂性源于这样一个事实，那就是除了既是父亲又是丈夫之外，这个管家还经历了美国从种族隔离到种族融合的动荡不安的历史，经历了一任又一任总统，经历了一个十年又一个十年。“我希望自己能够迎接这个角色带给我的挑战。”惠特克说。（在惠特克完成一个场景录制的第一天，我就注意到他已经巧妙地调整了自己的口音，改用了尤金·艾伦较为柔和的南方口音。）

管家的儿子路易斯由英国演员大卫·奥伊罗饰演。奥伊罗在大西洋两岸都广受好评，但是还一直在等待出演一个具有突破性的角色。在《白宫管家》的摄制开始不久，片场人员都有一种共同的感觉，觉得这个角色可能就是奥伊罗一直在找的那个突破性角色。作为管家那个叛逆的儿子，他的脾气既暴躁又迷人。“在这儿感觉好极了。”在接近傍晚的摄制间隙，大家吃午饭时，奥伊罗感慨地说。影片的故事梗概——一位黑人一路奋斗至白宫管家——让奥伊罗想起了曾经轰动一时的其他一些电影。“《白宫管家》具有《阿甘正传》和《乱世佳人》的因素在里面，”奥伊罗说，“可以看作是对步兵的致敬。”对于影片最终能够投入制作所经历的千辛万苦，奥伊罗非常清楚。“要想拍摄这样的一部影片，就得需要李·丹尼尔斯和奥普拉·温弗瑞这样的重量级人物，还有这一众的明星们，不然真的难以想象。”他坦承地说。在确定参演《白宫管家》之前，奥伊罗在《帮助》以及斯皮尔伯格的《林肯》中都有出色的表现，但是在他来到新奥尔良之前，这两部片子还都没有上映。根据他的理解，“这部电影就是有关管家和他家人的故事，并没有什么白人救星”。

那些想要在电影中抛头露面的演员们自然是竭尽所能、各施所长，幕后的工作人员也是一样精心投入、乐此不疲。《白宫管家》的故事横跨了九个十年，经历了多任总统的任期（尽管现实生活中的尤金·艾伦曾服务过八任总统，影片中出于剧情的需要只涵盖了其中的五个）。这种电影往往被称作“年代”电影，需要进行大量的历史研究。在电影拍摄工作开始的数月之前，艺术家、手艺人以及设计师们就需要一起工作，围绕导演的最终愿景集思广益，凝聚他们的想法和建议。艾森豪威尔政府的外观和肯尼迪政府的外观不同，与尼克松政府以及里根政府的也不同，而那些不同的外观需要通过各个时代不同的家具、汽车、音乐以及服装等方面进行体现。

露丝·卡特在好莱坞可谓德高望重，她曾因为在斯派克·李的《马尔科姆·X》一片以及斯皮尔伯格的《勇者无惧》一片中担任服装设计而获得奥斯卡提名。但是当得知有机会参与《白宫管家》一片的制作时，她并没有想当然地认为凭自己在业界的一致好评就一定能轻易地拿下服装设计的工作。相反，她为之付出了极大的努力。为了表现自己的诚意，她连夜精心制作了一本服装设计的小册子并寄送给李·丹尼尔斯。“我很拼命地争取才获得了在这部电影里的工作。”在电影片场，她不分昼夜、马不停蹄地工作，短暂的休息时，她对我说：“当我第一次看到尤金·艾伦的照片时，我觉得自己好像认识他，好像还认识他的妻子。”卡特的目标就是将丹尼尔斯的愿景最真实地呈现在屏幕之上，与她怀有一致目标并共同努力的还包括摄影师安德鲁·邓恩、混音师杰伊·米格尔、图形艺术家克里斯汀·莱基等数十人。

那可不是一个简单的愿景。走在《白宫管家》的片场，有时候你会感觉好像走在时光穿梭机里，时间在不断后退。楼道里挂着“有色人种专用”和“白人专用”的标志，那些实施种族隔离的商店里面还有正在抗议的学生。在大桥上，在街道中央，还有民权游行正在进行；有“3K党”集会；还有20世纪60年代妇女和孩子们在抗议，一些狂吠的德国牧羊犬正撕咬他们的衣服。“在这些场景从人们的想象中彻底消失之前，大家得捕捉住这些影象。”影片的场景设计师蒂姆·加文看着眼前云集的场景布景时，心存感慨地说。影片有一部分情节需要重现美国民权运动那宏大的色调和本质，在距离制作还不到两周时，加文已经觉得这将会是一部与众不同的电影了。“这部电影太特别了，太有意义了，”他坦承地说，“再怎么辛苦也值得。”他还跟我讲起，在拍摄间隙，他和其他的工作人员会和丹尼尔斯一起，去寻找和发现新的拍摄地。有时候他们会得知，他们想要拍摄的那座桥真的曾有“3K党”袭击过黑人。他们还

发现了一个奴隶小屋，那是路易斯安那州修复后一直保存至今的，也被他们用于影片的拍摄。“我们还在圣詹姆斯非洲卫理公会教堂取景拍摄，那儿其实是地下铁路[①]的一部分。我们感觉就好像我们是被引领到这些地方的。”他说，“我想这也是我们和这部影片的好运和善缘吧。”说完，他沉默了片刻。“这已经远远超出电影制作本身，甚至已经超出演艺圈的范围了。”他不无感慨地说。

尽管如此，影片的拍摄过程也并非一帆风顺，而是充满了各种各样的障碍和无穷无尽的问题。昨天遗留下来悬而未决的问题就成了明天的头等大事。关于《白宫管家》的拍摄，有一个问题是所有与影片有关的人都不愿意听到的，并且这个问题在导演和制作人员最初到达新奥尔良时很少有人知道，那就是并不是所有的资金均已到位。在这种情况下，帕姆·威廉姆斯以及她的联合制作人在商议之后，一致认为最好还是启动制作程序，利用已经到位的资金让拍摄运转起来。威廉姆斯甚至在她的办公室里贴了一

① 译者注：美国黑人逃亡路线之一

个直指终点的标语：别无选择。但是随着预算一再吃紧，威廉姆斯意识到，他们确实没有足够的资金来制作李·丹尼尔斯愿景中那样的电影了。影片的制作本身就需要很多宏大的场景，再加上丹尼尔斯的严谨和精细，使得制作天数不断延长，那就意味着需要更多的拍摄时间，也意味着需要雇用更多的群众演员。这种恐惧本来足以压垮威廉姆斯，但是她并没有退却。在闷热的夏日，她带工作人员去吃刨冰，享受新奥尔良的美味甜点。在外面的时候，她想到了电影，想到了劳拉·泽斯金，想到了她在劳拉·泽斯金身边做电影的那11个年头。她告诉自己，这部电影曾支撑着劳拉与病魔战斗，坚持着活下去，她不能让劳拉失望。如果她现在就卷起行李，带着整个剧组返回加州的话，她真的是罪孽深重。于是，她咽下自尊，决心回到投资者那里争取更多的资金。“她的离去给我的打击太大了。”威廉姆斯和我说起劳拉·泽斯金时，我们正坐在一个满是群众演员的化妆间里，那些群众演员都在等着拍摄出现在白宫前的一场戏。“那种打击太深、太久了。我想我自欺欺人也好，就当劳拉还活着，无论如何都要将这部电影拍出来。

我没有时间悲伤了，我将一切都投入到这部影片里了。”威廉姆斯如此，演员们也是如此。

拍摄巴士抵制、“3K党”袭击、静坐示威以及白人攻击黑人等场景时，会让人发自内心地不安。在接连拍摄了多个这样的场景之后，演员们也仿佛情感被抽干了似的，萎靡不振。即便是导演也不能幸免。有时候，李·丹尼尔斯也会情绪低沉，陷入剧情之中难以自拔。在影片重现的一些场景中，在民权运动时期南方的那些黑人教堂里，妇女们在祈祷、在流泪，而她们疲惫的双眼里所流下的每一滴泪水，似乎都在李·丹尼尔斯的心里重新累积，渐渐要漫溢出来。有时拍摄完一个情感上极其痛苦的场景之后，他会坐在他的导演椅上，静静地坐着，一动也不动，就仿佛他已经穿越回了伯明翰或者塞尔玛；然后他会又像眼镜蛇一样从椅子上猛地蹿起，因为他又突然想到了些什么，想要告诉演员们，让他们加到场景之中。之后，当一个场景拍完，看着演员们放松下来，他会穿着标志性的睡衣，额头上流着汗珠，终于露出了疲惫但却欣慰的笑容。他答应过劳拉·泽斯金他一定会将电影拍成，他做到了。

当有消息说一场飓风将袭击新奥尔良，电影的拍摄不得不暂时中断时，似乎谁也没有感到担心害怕。两周的停顿正好给了每个人必需的休息。当演职人员重返片场时，大家又以更高的热情重新投入影片的制作之中。《白宫管家》来到新奥尔良的时候可能没有发行人，但是离开的时候一定得有一个。哈维·韦恩斯坦制作过多部高品质的电影，其中不少都获过奥斯卡奖。自从《白宫管家》宣布拍摄以来，他一直在跟进影片制作的进度。在电影制作即将完成之时，有消息传来，说哈维将要购买电影的发行权。韦恩斯坦告诉好莱坞的一个出版物的记者："这个故事最打动我的地方，是故事的独特视角。在这个故事里，主角是管家，一个在世界上最强大的办公室里默默旁观了几十年的人。"

最终，这个故事花了近五年的时间才最终被搬上大屏幕。但是在很久以前，这个故事就已经开始了。这是一个关于美国黑人的故事，他出生于弗吉尼亚州的一个种植园，一路奋斗到白宫，历经数十年的岁月，直到亲自用他那乌黑的双手往投票箱里投上一票，帮助美国选出了历史上的第一位黑人总统。感谢那些良心被触动了的投资者，感谢永不言弃的执行制片人和导演。《白宫管家》本身也成了一种运动。

在众人勇敢的努力之下，这部电影终于成功问世。它将举起劳拉·泽斯金，并带着她一路高飞。她最终、最后、最幸福的电影梦想终于实现了，她现在应该正在好莱坞山上空快乐地飞翔吧。

注　　释

“他从舞台左侧走了出来。”出处：大卫·汤姆森，《大屏幕：电影及其对我们的影响》，纽约：法拉、斯特劳斯及吉洛克斯出版社，2012年，第22页。

“释放能量，”出处：帕特里夏·沙利文，《声声不息：美国全国有色人种协进会及民权运动》，纽约：新出版，2009年，第50页。

“这就像是在用闪电书写历史。”出处：大卫·汤姆森，《大屏幕：电影及其对我们的影响》，纽约：法拉、斯特劳斯及吉洛克斯出版社，2012年，第24页。

“每个种族的男女……”出处：小亨利·路易斯·盖茨和伊夫林·布鲁克斯·希金波坦，《非洲裔美国人的生活》，纽约：牛津大学出版社，2004年，第591页。

“那个时候我并不知道。”出处：詹姆斯·鲍德温，《票价文集：1984—1985年》，纽约：圣马丁出版社，1985

年，第561页。

“走到这一刻我们走了太久了。”出处：西德尼·波蒂埃，《此生》，纽约：诺夫出版社，1980年，第255页。

“我们黑人做到了。”出处：西德尼·波蒂埃，《此生》，纽约：诺夫出版社，1980年，第255页。

“正走向两个社会。”出处：马克·哈里斯，《影坛革命之图记——五部电影以及新式好莱坞的诞生》，纽约：企鹅出版社，2008年，第403页。

《白宫管家》中的五位总统

自从美国建立以来，种族问题就一直是一个严峻的考验，很少有总统能够幸免。托马斯·杰斐逊曾拥有奴隶，而亚伯拉罕·林肯则恰恰因为废除奴隶制而丧生。尤金·艾伦一共服务过八任总统，哈里·杜鲁门是头一个。在他成长的密苏里州，私刑一点儿也不罕见。小石城事件中，代表美国黑人对平等进行呼吁的九名学生迫使艾森豪威尔政府出动了联邦军队，这在美国重建之后尚属首次。在人们的想象之中，肯尼迪政府是时尚的象征，但是约翰·F.肯尼迪总统领带一松，却意外地卷入一种新型的运动之中——民权运动。他的继任者林登·约翰逊也没有过上太平的日子。20 世纪 60 年代的动荡不安和流血牺牲让人们想起“内战”时期，而且在推行立法上他也遇到各种阻碍。理查德·尼克松很显然不愿意讨论黑人问题，但是他对能歌善舞的黑人明星小萨米·戴维斯却情有独钟。谁又曾想到罗纳德·里根会感受到囚禁在一洋之隔的南非黑人男子带给他的威胁和刁难呢？《白宫管家》中塑造的五位总统——由于剧本所限，有时不得不无情地删掉一些角色，哪怕他是总统也于事无补——种族问题都是他们任期内的头条新闻。在那些具有划时代意义的日子里，我们故事中那位出生于弗吉尼亚州的管家从来都没有远离过。

艾森豪威尔总统

小石城，这三个字几乎就可以概括艾森豪威尔总统的任期。当然，这场危机起源于1954年在全国上下掀起轩然大波的“布朗诉教育委员会案”，发起该案的初衷旨在废止教育领域的种族隔离。最高法院后来做出裁决，判定美国在涉及教育事宜时不应继续歧视黑人公民，同时宣布种族隔离非法。然而，白人学区并没有很快执行裁决的判定结果，而是缓慢推进，甚至有些人说他们根本不会遵守这一规定。

三年之后，也就是1957年的秋天，九名黑人学生登上了阿肯色州小石城中心中学的台阶。一群暴徒袭击了他们，各种绰号和流言蜚语像有毒的飞镖一样射向他们，刺蜇着他们，他们被迫撤退。对于阿肯色州州长奥维尔·福布斯竟然没有给孩子们提供任何保护一事，艾森豪威尔总统感到十分震惊，他实际上已下令让他的国民警卫队出面阻止那些暴徒。接受过军事训练和“二战”考验的艾森豪威尔为此派出了联邦军队。

那时候孩子们所受到的伤害在他们成年后的心底到底留下了多深的伤痕，又会有谁知道呢？有些人撰写了回忆录，从中还是可以看出显而易见的痛苦。

艾森豪威尔总统

艾森豪威尔连任了两届总统。在离开白宫之后，他有时会在葛底斯堡战场公园里漫步，而他的同伴往往就是他曾经的管家尤金·艾伦。尤金有不少休假日，有时他会去看望艾森豪威尔，艾森豪威尔的仆人会为他们两个服务。看起来，他们俩是真心想念彼此的。

肯尼迪总统

1962年9月30日，一群小混混正赶往密西西比州的牛津市。他们对天发誓，说“那个黑鬼”詹姆斯·梅瑞迪斯休想融入密西西比大学。联邦法院已经下令让密西西比大学遵守判决，所以当肯尼迪总统得知梅瑞迪斯将不会得到保护时，他怒了。密西西比州的行为是在蔑视联邦法庭的指令。学校内外爆发了骚乱，群情激愤。肯尼迪总统派去了联邦军队，但是骚乱的群众纷纷朝军队投掷砖头和瓶子，其中有学生也有外人。在骚乱中，一名摄影师和一名旁观者被打死。密西西比注定赢不了这场战斗。詹姆斯·梅瑞迪斯最终成功地进入密西西比大学这个南部所谓的高等教育大本营。尽管成功入学，身为美国空军退役军人、拥有着钢铁般意志的梅瑞迪斯还是收到了一麻袋一麻袋的邮件和电报，大都是表达对他的愤恨，当然也有善意之词。了不起的女歌手约瑟芬·贝克发来电报说：上帝善良公正无疑。我们都为人权而高兴——代表世界各地的约瑟芬·贝克及其孩子们。

“距离林肯总统解放奴隶至今已经过去了一个世纪，而我们也已经耽误了一个世纪，因为他们的后人、他们的孙辈们并没有获得完全的自由。”1963年6月11日，肯尼迪总统在发表电视讲话时这样说。第二天，也就是1963年6月12日，密西西比黑人民权工作者梅德加·埃弗斯在自家的车道上遇刺身亡。

肯尼迪总统

肯尼迪总统邀请埃弗斯的遗孀梅莉及其孩子到白宫参观，那也是尤金·艾伦第一次见到他们。

后来就有了达拉斯之旅带给人们的无尽的泪水。在未来的多年里，许多黑人家的壁炉架正上方都会悬挂着一幅照片，照片上是因为民权运动而深陷困境、最终惨遭杀害的那三个人——杰克·肯尼迪、马丁·路德·金以及鲍比·肯尼迪。

约翰逊总统

你的孩子失踪了——这是身为父母最可怕的噩梦、最害怕接到的电话。于是开始了搜捕行动。1964 年那个夏天，三个天不怕、地不怕的年轻人前往密西西比，意图去改变世界。他们是 20 岁的安德鲁·古德曼、21 岁的詹姆斯·查尼和 24 岁的迈克尔·施威纳。他们与其他许多人一起，前往密西西比去进行黑人投票登记。在去登记之前，他们和其他大约七百人一起聚集在位于俄亥俄州牛津市的西部学院（现已并入马路对面的迈阿密大学），为他们将来在密西西比的言行做好准备，其中包括服从当局、随时向地方官员报告你的位置、天黑之后不要上街等等。

人们用各种绰号称呼他们——“犹太孩”、“共产分子”、“黑鬼”等等。这些侮辱性的称呼和他们在接受培训时培训人员提到的一模一样，不过他们已经训练有素，知道如何在面对这些称呼时保持冷静。6 月 21 日，他们在纳什巴县失踪了，那是一个对黑人特别有敌意的地区。地方当局说只是一个恶作剧，没什么大事，说“孩子们”可能只是偷偷离开了那个地区，跑去别的地方找乐子了。约翰逊总统派了九十多名联邦调查局的特工前往密西西比调查此事。

密西西比许多有着丰富经验的民权运动者从听到消息

约翰逊总统在会议上

的最开始就知道，他们幸存的可能性不大。《白宫管家》剧本中尤金·艾伦的妻子有一句台词是这么写的："你知道，那三个孩子在登记黑人选举的密西西比被杀害了。"

约翰逊总统一直被视为民权事业中的英雄，1964 年夏天，他通过了《民权法案》，转年又通过了《选举权法案》。然而这些法案并没有让白宫管家尤金·艾伦完全放下心来，他还是止不住地为他住在南方小镇的亲人们担心。

在那个满怀希望的夏天，那三位年轻的烈士远离了他们的梦想。在他们梦想终止的俄亥俄州牛津市，人们为他们建立起了一座可爱的纪念碑。

尼克松总统

1969 年，理查德·尼克松总统提名南卡罗来纳州法官克莱门特·海因渥斯出任美国最高法院大法官。当然，这个重要的提名宣布之后，各路记者以及好管闲事者便纷纷开始展开深度挖掘和调查。调查结果发现，海因渥斯过去的司法判决倾向于种族隔离主义者，由此引发滔天声讨，该提名也因此落败。但是在北卡罗来纳州学习过法律的尼克松似乎对南方的法官情有独钟。提名海因渥斯的落败并没有让他气馁，他转而提名乔治亚州法官哈罗德·卡斯维尔。接着又是一阵挖掘和调查。诡异的是，卡斯维尔的案卷记载和海因渥斯的如出一辙：他的判决也倾向于对种族隔离主义者和顽固者。要是在 20 世纪 50 年代，这样的提名在参议院很容易便顺风顺水地通过，但是在 20 世纪 60

年代，在南方的每个黑人都有投票权的60年代，国家已经发生了改变，并且仍在改变。卡斯维尔的提名也因此告败。

在提名风波之后，“难以捉摸的迪克”这个绰号在美国黑人之间广泛流传开来。这样的故事尤其对黑人出版物的胃口，所以提名风波也让他们大有文章可做，让他们连连大呼过瘾。难道尼克松总统没有意识到，白宫里的许多黑人管家和女佣都是大迁徙时期从最南部过去的吗？难道他不知道海因渥斯和卡斯维尔那些法官们所做出的裁决是他

尼克松总统

们一生都难以忘却的吗？

作为白宫内部的雇员，被告知的首要几件事之一就是：勿谈政治。于是他们谨慎尽职地清洁打扫、小心伺候。尤金·艾伦夫妇投票的第一任总统是富兰克林·罗斯福。他们喜欢投票，那是私人表达的一种安静、甜蜜却又强有力的形式。

喝茶吗，总统先生？

里根总统

20 世纪 40 年代，当罗纳德·里根还在好莱坞拍电影的时候，年轻的尼尔森·曼德拉正在南非约翰内斯堡的一家律师事务所工作。晚上的时候，他会在一些秘密的地点帮助南非非洲人国民大会寻找办法，结束白人对这个黑人国家的统治。随着时间的推移，曼德拉积极分子的影响越来越大，让当局感到头疼。政府下令逮捕他，而他则转入了地下。他成了南非的头号通缉犯，被称为“黑色海绿花”，经常乔装打扮（正如他的一生一样，都是在表演），在全国各地穿梭。1962 年曼德拉被捕，成了轰动全世界的新闻。他被控犯有叛国罪，虽然逃脱了绞刑，但最终还是被判处终身监禁。

十年后，美国国会议员罗纳德·德勒姆斯开始重拾曼德拉的事业，呼吁人们再次关注曼德拉的困境以及南非的种族隔离制度。那时的南非还继续将货物销往外国，同时摧残和监禁自己的黑人公民。德勒姆斯发起了全面反对种族隔离的行为，呼吁还给曼德拉自由，停止南非的商业惯例。反种族隔离运动从大学校园蔓延到大街上，得到了广泛的响应。然而数年过去了，曼德拉还依然被关在监狱里。

里根总统

在美国白宫，里根总统发誓说他不会通过德勒姆斯发起的法案。但是反种族隔离运动已经进行得如火如荼，不仅一般的男男女女参加，一些著名的男女演员也都加入了进来。1986 年，全面反种族隔离法终于获得通过。那一年也是尤金·艾伦在白宫工作的最后一年。

1990 年，尼尔森·曼德拉从监狱获释后，他踏上了美国之旅，专程前往美国去向他的支持者们表示感谢。整个美国都惊呆了。尤金和海伦娜观看了电视转播的整个过程，他们都不禁微笑了起来。

致　　谢

《白宫管家》这部电影的摄制刚完成不久，本书的编辑道恩·戴维斯给我打来电话，问我有没有意愿将尤金·艾伦的故事写成一本书。那是一通我已等候多时的电话。感谢她有洞察力的远见和决心，使得这本书的存在成为可能。同样感谢西蒙与舒斯特公司的伊索尔达·索尔、渡边恭子、尤娜·德索姆、金伯利·戈德斯坦、达娜·斯隆、吉姆·蒂尔、迈克尔·关，以及其他所有为此书的出版而努力工作过的人。

感谢我的文稿代理人埃斯特·纽伯格，《白宫管家》是我们共同合作的第五本书了。感谢她一如既往，以我所熟悉的惯常风格顺利地完成我们的合作。

《白宫管家》在新奥尔良拍摄时，剧组的导演、制作人以及演员们容忍并包容了我的存在，对此我永远心存感激。尤金·艾伦的故事之所以能搬上荧幕，多亏了传奇制作人劳拉·泽斯金。她给我打了个电话，在征得我的同意之后，她下定决心，排除万难，要将我写的故事改编并拍成电影。遗憾的是，她并没能等到电影开机的那一天，但是她的精神永远指引着大家。帕姆·威廉姆斯是《白宫管家》的执行制片人，是她向我证明了好莱坞真的有圣人存在，我永远不会忘记她无尽的善良和慈爱。《白宫管家》的导演李·丹尼尔斯是一个天才，感谢他允许我看他工作。我还要向其他参与影片制作的人表示我的谢意：希拉·约翰逊、朱丽亚·巴里、大卫·奥伊罗、福里斯特·惠特克、埃文·阿诺德、奥普拉·温弗瑞、斯科特·瓦纳多、露丝·卡特、安德鲁·邓恩、小库伯·古丁、特伦斯·霍华德、亚当·梅瑞姆、大卫·雅各布森、安妮·玛丽·福克斯、杰伊·米格、蒂姆·高尔文以及凯文·拉德森。还有巴迪·帕特里克、迈克尔·芬利、鲍比·帕特里克、厄尔·斯塔福、哈利·马丁、查尔斯·波南、影业合作公司（Film Partners）、木兰影业（Magnolia-IMC）以及艾肯娱乐国际（Icon Entertainment International），他们的付出值得我鼓掌致敬。

尤金夫妇的独子查尔斯·艾伦曾无数次慷慨无私地帮助过我。林恩·彼得森、马蒂·安德森、史蒂夫·里斯、沃伦·泰勒、莉莎·弗雷泽·佩奇、玛丽·乔·格林、迈克尔·科尔曼、拉里·詹姆斯、格雷格·摩尔、妮娜·亨德森·摩尔、凯瑟琳·韦茅斯、凯文·梅里达、艾瑞克·利伯曼、雪莉·卡斯维尔、哈维·韦恩斯坦及韦恩斯坦公司以及托尼·斯蒂格，我要向他们表达我深深的感激之情。

作者简介

威尔·海伍德

威尔·海伍德是《华盛顿邮报》的专栏作家，曾获奖无数。他出版过五本非小说类书籍，尤以写传记见长，其中包括著名的小亚当·克莱顿·鲍威尔传记、小萨米·戴维斯传记、舒格·雷·罗宾逊传记。2011 年，他获得古根海姆奖，2013 年又获得佐拉·尼尔·赫斯顿及理查德·赖特文学基金会的艾拉·贝克奖，同时还获得了俄亥俄州牛津市迈阿密大学的荣誉文学博士学位。海伍德生于俄亥俄州哥伦布市，现定居于华盛顿特区。2008 年，他在华盛顿第一次见到白宫管家尤金·艾伦。海伍德也是《白宫管家》一片的联合制片人。

李·丹尼尔斯曾获奥斯卡最佳导演奖提名，其最有名的代表作为《珍爱》，该片获得六项奥斯卡奖提名，其中包括最佳影片奖的提名，最后斩获最佳女配角奖及最佳改编剧本奖两个奖项。丹尼尔斯曾参与制作获得奥斯卡奖项的《死囚之舞》一片，并执导了《影子拳手》和《送报男孩》等多部影片。